위대한 일들이 지나가고 있습니다

ㅅㅇ │ 04

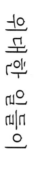

위대한 일들이 지나가고 있습니다

땅과 이웃, 시 이야기

김해자 지음

한티재

책을 펴내며

15년 전 딸아이가 지방에 있는 대학을 가게 되자 깊은 고민에 빠졌던 젊은 날의 제가 생각나네요. 낯선 곳에 자식을 하숙시키고, 내가 무슨 위대한 일을 한다고 서울에서 살아야 하나 고민한 게 엊그제 같은데, 벌써 15년째 변방에서 살고 있습니다. 그 사이 떠돌고 떠돌아 여기까지 왔습니다.

천안에서 버스로 40여 분 거리에 있는 여기 사구실

마을 사는 동안, 이웃의 정이 이런 거구나 싶고요, 사는 게 이렇구나 실감하기도 했습니다. 이웃들이 돌아가며 나를 비춰 주는 입체적인 거울 같다고나 할까요. 도축장에서 장화 신고 곱창 밟으며 추었다는 '곱창 블루스'를 여기서 배웠고요, 겨울 견디고 파릇파릇 돋아난 시금치에 부추를 올려 자작자작 풀죽 넣으면 담백하고 구수한 물김치가 된다는 것도 알게 됐습니다.

논두렁길을 산책하다 맹구 언니가 말씀하셨죠.

"연꽃이 활짝 피었구먼."

"어디에 연꽃이 있어요?" 묻자,

"저기 망경산, 광덕산, 태학산. 또 저기는 뭐야, 태봉산, 우리 평평골…. 봐, 저 산들이 모두 연꽃이잖여."

동서남북 한 바퀴 몸을 돌리면서 둘러보니, 산들이 논밭과 집들을 에워싸며 연꽃처럼 피어 있더군요.

"그럼, 우린 연꽃 씨요?" 했더니,

"씨고 말고."

옆에서 영자 언니가 추임새를 넣더군요.

"암, 연밥이고 말고."

연꽃 속에서 살았습니다. 산이 날개를 펼쳐 집과 논

밭을 품어 주듯, 나를 품어 주고 먹여 주고 환대해 주신 동네 어른들 덕에 큰 병을 앓았던 제 몸과, 뿌리 없이 흔들리던 마음도 튼튼해져 가고 있습니다. 이래저래 합하면 15년 경력이 우스울 정도로 여전히 저는 초보 농사꾼입니다만, 딸에게 제2의 고향을 만들어 주겠다는 약속은 지킬 수 있게 된 것 같습니다.

~

엄마가 왕사탕 1개 주면서 10리길
신부름 갔다 오라고 했다
비가 왔다
우산이 없어다
엄마가 비료포대를 머리에서 발끝까지 씌웠다
숨을 쉴 수가 없었다
숨을 쉬려면 비닐이 얼굴에 달라붙었다
사탕 1개로 나는 죽을 번했다

이 시는 천안 시내에 있는 충남교육문화회관에서 하

는 문해(文解) 수업에서, 이제 막 문맹에서 탈출 중인 어머니가 쓴 겁니다. 일흔 중반이나 여든이 기본인 이분들이 맹렬하고도 재미나게 시 쓰시는 걸 보고 매번 놀라고 열등감도 더러 느꼈습니다. 시 하나 쓰자고 며칠 끌탕하는 저보다 진짜 시인들 같았으니까요. 띄어쓰기 맞춤법 틀려도 괜찮고, 경험하고 보고 느낀 것을 좀 짧게 쓰면 되는 시가 시시한 거라는 걸 알게 된 다음부터, 두 편은 기본이고 서너 편씩 현장에서 연필로 즉각 시를 쓰시니까요.

"사탕 1개로 죽을 번했다"는 아이가 자라 "나라도 입을 덜어야" 해서 미아리로 남의집살러 갑니다. "밥을하다가 잘못해서 호랑이 아주머니가 연탄 찍개로 떼렸다/울며불며 우니까 더 떼렸다/무서워서 몰래 연탄 광에 드러가 곤해다"는 열 살 소녀가 지나갑니다. "마스크 사이로 쇳가루가 들어오고" "야식으로 빵우유 먹으면 쇳가루가 입에 들어"오는 밤들도 지나갔습니다. "외쪼 엄지 손고닥 짤려서도 보상도 못바닷다", 공장에서 "글을 몰라 일지를 못쓰고 많이 울었다"는, 몸으로 수행한 시들 앞에서 저는 많이 부끄러웠습니다. 우리 동네 맹구 언니와 금례 언니와 영자 언니 이야기이기도 하고요, 농사짓고 살림 살면서 하루 열두 시간 일 다녔다는 인자 언니 삶이기도 합니다. 이 집 저 집 흩어져 살다 혈육들 생사도 모른다는 영구 언니 인생이기도 하죠.

～～

코로나로 2년여 마을회관도 문을 닫았습니다. 사람이 사람을 피해야 하는 팬데믹이라는 기이한 상황에서야 근대문명을 넘어 생태문명으로 나아가야 한다는 절박한 외침들을 듣습니다. 살다 보니 여기까지 왔습니다. 기후위기라는 전대미문의 상황에 들어서고야, 우리 삶과 환경과 정치·경제와 의식을 바꾸는 생태문명의 길은 대지에 기반한 민중적 삶이라는 것을 새삼 깨닫습니다. 대지의 상상력은 흙에 젖줄을 대고 살아가는 몸들에 새겨진 언어라는 걸 말이지요.

여기 살면서 보고 들은 이야기들이 책이 되었습니다. 밥 먹으면서 듣고, 마늘 종자, 양파 모종 심으며 듣고, 김매면서 듣고, 마을회관에서 해바라기하며 들었습니다. 듣다 보니 여기까지 왔습니다. 생명이 시시각각 자라나고 열매 맺고 스러져 가는, 이 대지에서 해마다 반복되는 가장 단순하고 사소하고도 일상적인 삶들이 귀하고 위대하게 여겨졌습니다. 공동체와 공용의 벌판이 사라진 현대문명의 참화 속에서도, 하늘이 하늘을 먹는다는 공식(共食)과 공체(共體)와 공심(共心)을 이나마라도 가꾸고 지켜 온 이 땅의 농민들과 모든 노동자들께 머리 숙여 절합니다.

지난겨울은 몹시 춥고 힘겨웠습니다. 밭 한켠에서 심지도 않은 호박과 토마토 싹이 저절로 올라오고, 꽃양귀비와 봄마중꽃과 꽃마리가 수줍게 피어날 봄이 멀지 않았습니다. 모자란 사람의 원고를 오래 기다려 주고, 꼼꼼하게 봐 주며 펴내 준 한티재 오은지 대표와 변홍철 편집장께 감사드립니다. 저를 먹여 주고 가르치고 보살피며 희망을 주고, 나눔과 우정으로 여기까지 오게 한 내 이웃들과 친구들께도 감사드립니다. 제 밭을 무료 급식소로 사용하면서 임대료 없이 세 살며 날마다 노래 불러 주는 명랑한 참새들과 텃밭의 모든 작물과 풀들께도요. 30년간 혼신으로 『녹색평론』을 펴내며, 민주주의와 생명과 땅과 농민과 농업을 옹호하신 대지의 벗, 고 김종철 선생님께 이 이야기들을 바칩니다.

2022년 2월 광덕에서

김해자

차 례

1 부

✳

시를 심는 사람들

양승분이
흙에
시를 심고 있다

콩대 옆에 붙은 풀을 좀 뽑다 보니 사철나무 가운데가 푹 꺼져 있었습니다. 범인은 호박이었어요. 펜스 위로 길을 내준 호박순들이 지나가다 꽃을 피우고 열매를 달았는데 점점 커지면서 무게를 못 이겨 사철나무 가지 속으로 들어갔겠지요. 호박을 잘라 새우젓 넣고 끓이다 밖을 보니 아랫밭에서 양승분 씨 내외가 서리태를 심고 있는 게 보입니다. 황급히 장갑 챙기고 장화 신고 호미 들고 나섭니다. 장마 사이사이 모종을 심는 요즈음입니다. 장화가 밭고랑 사이 푹푹 들어가 몇 번이나 넘어질 뻔했습니다.

양승분 씨는 부녀회장 십여 년씩 하면서도 농사를 어찌나 알뜰하게 짓는지 콩도 때글때글, 땅콩도 속이 꽉 차고 고구마도 통통하니 때깔이 좋습니다. 집 옆에 있는 텃밭도 꽤 넓고 산막골밭, 뚝너머밭, 양지촌밭…, 넓은 밭들이 띄엄띄엄 떨어져 있는데도 말이죠. 마늘밭도 가지런하고 옥수수는 늘씬하고 튼튼합니다. 여차하면 풀밭을 만들어 버리는 '철모르는' 내 밭과 달라도 너무 다르지요. '팔에 주사 맞고 왔담서 언제 밭을 다 맸나…' 궁금한데 아랫집 어매가 지나가듯 말해 주십니다.

"새벽에 밭에 갔슈. 모기 잘 시간에. 달도 훤하고 서늘하고 좋지 머."

일 년 농사지어 수입이 얼마나 되는지 양승분 씨와 계산해 본 적이 있습니다. '산막골밭'에 고구마 심고 깻잎 심고 배추, 알타리, 갓, 골파 심습니다. 고구마 몇 상자 외에는 친척 형제 이웃들 나눠 먹으니, 한 30만 원 정도 됩니다. '뚝너머밭'에 마늘 심고 깻잎이랑 옥수수 모종 심습니다. 마늘 한 접에 4~5만 원, 열 접 이상 냈으니

(여기선 농작물을 '팔았다' 하지 않고 '내먹었다', '냈다' 말하죠) 50만 원쯤 되고, 옥수수 서른 개 넣어 한 자루에 만 원씩 받아 약 서른 자루 냈으니 30만 원 정도 벌었습니다. 단도리 단단히 했는데도 배고픈 멧돼지들이 기 쓰고 들어와 아작내는 바람에 반은 멧돼지 식구들 입으로 들어갔답니다. 논두렁 사이 '양지촌밭'에 깨와 노란콩과 땅콩 심었죠. 땅콩 한 자루에 3만 원, 열 자루 가까이 냈고요, 하얀 콩, 서리태, 쥐눈이콩은 가까운 사람들 한두 되 퍼 주고 나면 낼 게 없답니다. 양승분 씨와 손가락을 꼽아 보다 중도에 그만뒀습니다. 어림짐작해 봐도 밭작물 모두 합쳐 일 년에 500만 원이 채 안 되더군요.

"들깨 한 말에 5만 원 하니께, 한 짝만 내도 50만 원 되는 거. 그래도 건강하니께 해마다 건사해서 참깨, 들깨 볶고, 방앗간 가서 들깨기름, 참기름 짜서 좋은 거 나눠 먹으니 좋지. 그래도 나 먹고, 딸네랑 딸 시댁 동생들, 시누네, 시동생 철철이 곡식 양념 다 보내 주고 그러지. 그러면 된 거 아녀. 전번에 들깻잎 순 쳐서 된장에 박아둔 거를 지져서 무쳐 논 걸 동생이랑 시누랑 외사촌이랑 조금씩 가져갔거든. 맛있다고들 하는데 올핸 쪼끔 덜했더니 줄 게 없네. 손주가 지진 깻잎을 좋아해. 어린것이 그래. 할머니, 할머니가 해 준 깻잎이 젤 맛있다고. 우서 죽겠어. 올핸 깻잎을 더 따서 해 놔야지."

그 깻잎과 무장아찌 중 일부가 제 식탁으로도 옵니다. 밭에서 척척 뽑아 마당에서 썩썩 버무린 김치통도 옵니다. "밖에 뭐 좀 담아서 갖다 놨어. 맛있을려나 모르것네⋯." 들여다보면 열무김치가 한 통입니다. 담고 남은 걸 그냥 주는 게 아니라 처음부터 내 것까지 생각하고 담갔던 게죠.

"잠깐 좀 나와 봐. 나 좀 올라가고 있어."

서둘러 마중 나가 보면 엄청 무거운 스뎅 양동이를 들고 이미 비탈을 올라오고 있습니다. 수술 후 몇 년간은 팔을 좀 덜 써야 한다는 내 사정을 안 후로 이렇게 직접 배달합니다. 전에도 그랬지만, 제가 아프면서 그의 보시는 더욱 사려 깊고 풍성해졌습니다. 작년에는 김장 김치통 서너 개가 제게로 왔습니다. 저만 수혜자가 아닙니다. 그 많은 김장을 하고서, 면 단위에서 하는, 나이 드신 어르신들 나눠 줄 김치까지 모여서 담급니다. 자기 일도 바쁜데 까딱하면 면에 나가 봉사도 합니다.

산골에서 귀한 대접을 받는 생선이나 과일이 제게 오면 '양 보살' 댁에 갖다주면 됩니다. 누구는 나누고 누구는 건너뛰면 미안하기 때문에 그냥 언니네 집에 두면 간단합니다. 그 집에 있으면 사정 맞춰 모두들 나눠 먹게 된다는 걸 아니까요. 동네 곳간이라고 불러야 할까요. 부잣집 안방마님도 아니고, 손수 농사짓고 살림하면서 아름답고 풍성한 곳간을 유지하니, 그 곳간 생각만 해도 참 흐뭇합니다.

한 달여 비워둔 집
엉거주춤 남의 집인 양 들어서는데 마실 다녀오던
아랫집 어머니가 당신 집처럼 마당으로 성큼 들어와
꼬옥 안아 주신다 괜찮을 거라고
아파서 먼 길 다녀온 걸 어찌 아시고 걱정마라고,
우덜이 다 뽑아 김치 담았다고 얼까 봐
남은 무는 항아리 속에 넣었다고

가리키는 손길 따라 평상을 살펴보니, 알타리 김치통 옆에 늙은 호박들 펑퍼짐하게 서로 기대어 앉아 있고, 항아리 속엔 희푸른 무가 가득, 키 낮은 줄엔 무청이 나란히 매달려 있다. 삐이이 짹짹, 참새떼가 몇 번 나뭇가지 옮겨 앉는 사이, 앞집 어머니와 옆집 어머니도 기웃하더니 우리 집 마당이 금세 방앗간이 되었다. 둥근 스뎅 그릇 속 하얗고 푸른 동치미와 살얼음 든 연시와 아랫집 메주가 같이 숨 쉬는 평상, 이웃들 손길 닿은 자리마다 흥성스러운 지금은, 입동 지나 소설로 가는 길목

　나 이곳 떠나
　다른 세상 도착할 때도
　지금은 잊어버린,
　먹고사느라 잊고 사는, 옛날 내 이웃들 맨발로 뛰쳐나와
　아고 내 새끼 할 것 같다 울엄마처럼 덥석 안고
　고생 많았다 머나먼 길 댕겨오니라,
　토닥토닥 등 두드려 줄 것 같다
　참새떼처럼 명랑하게 맞아줄 것 같다

　　　　　　　　　　　　　　　— 김해자, 「이웃들」 전문

저는 가끔 생각합니다. 마을에 저런 어른 몇만 있으면 참 살 만하겠구나. 그러다 양승분 씨가 열심히 일하고 이웃과 즐겨 밥을 먹으며 나눠 주는 것이 과연 성격만일까 생각해 봤습니다. 천품도 당연히 있겠지만 땅과 연결된 어떤 감각이 자연스럽게 나눔과 환대와 보시로 이어지는 게 아닐까 싶기도 했죠. 큰 기계로 거대한 땅을 갈아 단일 작물만 하는 농사를 지으면서는 체험하기 어려운 무언가가 있는 것 같거든요. 콩이 흙에 심어지면 흙이 콩뿌리에 젖줄을 대 주듯이, 생명이 무상으로 나눠 주는 것을 경험하고 일상화한 사람만이 이를 수 있는 태도 말입니다. 수확물을 취득하는 것만이 목적이 아니라, 땅을 소중히 여기고 세상과 깊이 연결되었다는 감각 없이는 가능하지 않을 듯싶은 삶의 자세 말입니다. 그야말로 소농의 소중함을 다시 확인하게 되는 순간입니다.

양승분 씨를 들여다보면 시인 같습니다. 시를 안 쓸 뿐 시인인 사람을 많이 보아 온 저는 시인이 직업은 아니란 생각이 들기도 하고, 어쩐지 부끄러운 느낌이 들어서 웬만해선 시인이라는 말을 쓰지 않습니다. 시인은 명사라기보단 형용사나 부사에 가까운 것 같아요. 아니 어쩌면 시야말로 동사인지도 모릅니다. 시적인 삶, 혹은 시적인 태도로 나와 이웃과 세상을 만나는 사람이야말로 진짜 시인 아닐까요. 그러니 양승분 씨야말로 진짜 시인입니다.

화가니 음악가니 시인이니 하는 명함은 없지만, 진짜 예술가라고 생각되는 친구들이 제게는 제법 있습니다. 사람들은 아마추어 예술가라 부르겠지요만, 저는 그들을 진짜 예술가라고 생각합니다. 예술 혹은 시를 중뿔난 사람들의 것인 양 받아들이게 만드는 것도 크게 보면 엄청난 교만이자 허영심이겠습니다. 삶과 예술은 뭔가 달라야 한다는 환상은 진짜 삶을 제대로 경험해 보지 못한 데서 빚어진 환상일지도 모르지요. 배워서 예술가가 되고 더 배워서 박사가 되고 교수가 되는 사회가 저는 아무래도 어딘가 좀 어색한 느낌이 듭니다.

창밖으로 양 보살 내외가 심어 놓은 콩과 깻잎이 줄지어 서 있습니다. 일머리가 없는 줄 아니까 제게는 단순한 일만 시켰습니다. 키 비슷한 깻잎과 서리태를 골라서 괭이로 꾹 파 놓은 데다 세 개씩 올려놓기만 했어요. 양 보살의 손주인 초등학생도 할 수 있는 일 말입니다.

그렇게 단순한 일을 잠시 거들었을 뿐인데 나란히 줄 서 있는 어린 모종들이 이쁩니다. 모두 다 내 작물인 듯 흐뭇하고 대견합니다. 위대한 일들이 저기서 벌어지고 있습니다. 저 콩들과 깻잎과 동글동글 유난히 예쁜 땅콩들이 내 입으로도 들어올 겁니다. 저 노동과 환대와 우정을 먹고 제 몸이 차차 나아지고 있습니다. 초저녁 바람에 밭 위에도 구름이 흘러가고 있습니다.

위대한 일들이 지나가고 있습니다. 프랑시스 잠의 시, 「위대한 것은 인간의 일들이니…」도 따라 흘러갑니다. "정원에 양배추와 마늘의/씨앗을 뿌리는 일,/그리고 따뜻한/달걀들을 거두어들이는 일" 같은 사소한 일들이. 저 친절과 대가 없는 보살핌 덕분에 '생각'에 찌들곤 하는 제 영혼에 빈틈이 생기고 있네요. 그 빈자리에서 시가 발아하고 있습니다. 듬성듬성 자라난 시가 콩잎처럼 바람에 날리고 있습니다.

그까짓 것,
것들

몸이 내 의지대로 안 되니 먹을 것에 신경
이 쓰입니다. 하루의 반이 먹는 일로 채워지는 것도 같
습니다. 아프니 먹거리에 몸이 바로 반응하는 것 같네
요. 인간 역시 동물일 뿐이라는 것을 실감하며 토마토를
썰다 잠시 빛에 비춰 봅니다. 벌어진 살 속에 어금니 같
기도 하고 칼 같기도 한 씨앗들이 말갛게 박혀 있네요.
단단한 비트를 썰다 들여다봅니다. 동그란 나이테 같은
게 동심원을 그리고 있어요. 어지럽습니다. 양배추를

썰다 이리저리 돌려도 봅니다. 뿌리와 이어진 부분과 중간중간 솟은 단단한 산맥들이 얇고 말캉말캉한 잎들 사이에 심지처럼 박혀 있군요. 신기합니다. 당근을 썰다 속으로 갈수록 주황빛이 연해지며 연푸른 기운이 비치는 고갱이를 물끄러미 들여다봅니다. 자기답게 자기를 복제하며 그 모양 그 색깔과 향취로 자라난 생명체가 내 앞에서 날것으로 존재합니다. 칼을 들고 불로 요리를 해야 하는데 저는 무아지경에 빠집니다.

몸이 돌아가며 여기 아파, 저기 아파, 번갈아가며 소리를 질러 대니 먹을 것에 납작 엎드리게 됩니다. 들어가는 것이 나오는 것이구나. 나오는 것이 들어간 것이기도 하구나. 인풋(input)과 아웃풋(output) 사이가 하나의 몸통으로 이어져 있구나, 생각하는데 전화가 옵니다.

"바빠? 일해? 안 바쁘면 잠깐만 와 봐."

물아일체 삼매를 털고 일어섭니다. 분이 언니한테서 전화가 오면 대부분 뭘 줄 게 있다는 말씀이죠. 언니네 마당 입구에 있는 가마솥에서 푸릇하고 억센 시래기가 삶아지고 있습니다. 저 가마솥에서 청국장 된장 담을 콩도 익고, 저 끓는 물에 파릇파릇 봄쑥도 들어갑니다. 짬

짬이 틈 내어 산에 들에 돋은 쑥을 캐던 봄날이 지나갑니다. 방앗간에 가서 쑥과 쌀을 빻아 동그랗게 뭉친 다음, 하나하나 판판하게 펴서 찐 쑥개떡이 지나갑니다. 바쁜 철이라 다 따지도 못한 감이 감나무에 주렁주렁 매달려 있습니다.

"감은 서리가 와야 따는데, 서리가 안 오다 갑자기 눈이 오는 수가 있어. 감이 죽이 되어 버리잖여. 비 맞거나 그러면 감은 절단 나는 겨. 서리 맞아야 곶감이 맛있지. 감식초도 연시가 돼야지 맛있지, 땡땡한 거는 잘 안 돼. 삭으면 걸러 내고 벌레 안 들어가게 푹 싸 두면 저절로 감식초가 돼. 곶감은 공이 많이 들어. 깎아서 건조기에 말린 다음 바깥에다 한 이십 일 또 말려야지. 이슬 안 맞게 꽉 덮어서 놓고 매달아서 말려도 비나 눈 안 맞게 신경을 써야 돼. 비 맞으면 곰팡이 나잖여. 곶감이 너무 질어도 맛없고 딱딱해도 또 안 되고. 눌러 봐서 말랑말랑할 정도가 좋아. 말랭이는 쉽지. 썰어서 말리면 끝나니께. 올해는 좀 두껍게 썰어서 감말랭이를 해야겄어."

막 데친 시래기에 올가을 방앗간에서 찧어 온 들기름을 넣고 거의 익을 쯤 들깻가루까지 한 줌 넣은 보드라운 시래기나물에 언니가 상을 차립니다. 베란다로 가더니 푹 고아진 미역국을 두 사발 품니다. 곰솥 뒤로 장독들이 말갛게 서 있습니다. 부엌 뒤켠에 있는 장독대에 제 눈은 자주 머뭅니다. 끓였다기보다 푹 곤 것처럼 느껴지는 미역국 냄새에 제 기억은 30년 전으로 거슬러갑니다.

산달이 가까워진 내게 엄마가 보낸 큰 박스가 눈앞에서 어른거립니다. 뻣뻣한 미역귀가 한 양푼 물을 만나자 두툼한 귀들이 꿈틀거립니다. 켜켜이 접혔던 귀가 펴지며 미끌한 진액이 되어 가네요. 안으로 첩첩 포개진 귀들이 풀어지며 엄마의 장흥 사투리가 짭조름히 퍼집니다.

"아야, 우이도에 부탁했시야… 사흘을 삐댔시야 막둥이 니 하나 낳니라고…."

산후 뒷바라지하러 보름 전에 집에 와서 대기하던 엄마 목소리가 흘러갑니다. 엄마는 나를 낳던 밤으로 돌아가 있습니다.

"그 징글징글하게 추운 섣달 한밤중에… 아야야, 송

신 몸서리 난다야."

과거 속의 과거이자, 어미 속의 딸들이 미역 줄기처럼 이어져 흐릅니다. 아무 미역이나 귀가 달리는 게 아니랍니다.

"아야, 겁나게 짚은 디서만 귀가 달려야."

엄마가 미역 부탁했다는 해녀가 깊은 바닷속에서 자맥질합니다. 온몸 시퍼래지도록 미역귀에 알을 슬어 놓는 어미들 가쁜 숨소리도 들립니다.

바람이 집안까지 들락거리던 인천 신현동 산동네, 내 몸 둘쯤 너끈히 들어갈 큰 박스만 한 방이 바스락거리네요. 반듯이 눕지도 옆으로 눕지도 못하는 만삭의 여자가 미역귀를 뜯어 먹고 있습니다. 목포항에서 인천항까지 머나먼 길, 엄마와 함께 달려온 마른 멸치와 김 사이에서 귀들이 열립니다. 짭조름하게 펼쳐지는 단맛이 신문 위에서 바스락거립니다. "~ 쉬유 쉬유" 살아 있는 입이 내뿜는 숨비소리도 들립니다. 심해의 공기 구멍이 열리며 덩달아 양수가 출렁거립니다. 산달이 낼모렌데 통장도 의료보험도 없는 내 뱃속에서 아기가 발길질합니다.

제가 '젊은 엄마'라 부르는 분이 언니는 저보다 한참 더 살았습니다만 저보다 힘이 셉니다. 고구마 박스 번쩍 들어서 밀개차에 싣고 이리저리 힘을 줘 고정시키면서 오르막길을 거쳐 저희 집에 옵니다. 분이 언니는 70만 원짜리 전셋방 얻어 신혼살림을 시작했답니다. 방 한 칸에 작은 부엌 하나 달린 집에서 아직 어린 시누이 시동생들과 함께요. 새색시 분이 언니가, 40년 전 분이가 나이롱 쓰레빠짝 끌고 시장통을 걸어갑니다.

"그러니께 운동화 한 짝 못 사 신었다니께. 어디 갈라믄 애들 데꼬 나이롱 쓰레빠짝 찍찍 끌고 가는 겨. 신이나 바꿔 신고 가라고 허는디, 있이야 바꿔 신지. 쌀, 고추장, 된장, 그거 먹구 살았지. 단칸방이래두 여기 댓거리에서 친척들도 오고 손님들이 자주 와. 누구나 와야 고기 근이라도 끊어다 멀뚝국 끓여 먹구 그랬지. 옛날이 간식이 있어 머가 있어. 다 밥뿐인디. 알바미 쌀이래두 얼매나 맛있는데. 연탄불에다 냄비 올려서 뜸 들여서 퍼 놓으면 자르르하니 간장 하나에 비벼 먹어도 얼매나 맛있는데…. 통배추는 비싸니께 맨날 얼갈이배추 열무야. 한 단 사면 껍데기는 삶아 갖고 된장 넣어 지지구 속은

겉절이 하구, 이틀 지내믄 또 담가야 되구. 냉장고에 뭐가 있어. 돈 좀 갖고 양남시장 가믄 비싸 갖고 도로 오구 도로 오구 그랬어.

반찬 값이라도 해 보려구 마늘 까는 것도 해 보구, 도라지도 까 보구, 도시락 고무줄 넣는 것도 해 보구, 레이스 다는 것도 오려 보구, 별거 다 해 봤지. 레이스 이만큼 짤라 봐야 몇 푼이여. 애 기저귀 빨아 감서 때 되면 시동생 시누이 밥해야지…. 못햐, 애들 땜에. 우리는 어릴 때부텀 고생해 보고 살아서 에지간한 것은 고생도 아니고 그냥 참고 사는 겨."

끈적한 바다가 방울방울 맺히고 있습니다. 그러고 보니 미역귀는 뿌리가 아니던가요. 귀가 뿌리라니. 흔들리는 미역잎들을 지탱하려 심해 암석에 달라붙어 있던 미역귀가 점액질의 방울로 제게 말을 겁니다. 일방향으로 말하는 유튜브와 SNS 한가운데서 저는 실시간으로 존재하는 생명들의 소리를 듣고 있습니다. 물질이자 영혼이며 유일무이한 존재로서 저를 살리기도 하는 세계의 음성을. 사무치게 고맙습니다. 분이 언니와 동네 어매들이 저를 살렸다는 확신이 드는 순간입니다. 어머니가 탯줄을 통해 저를 낳고 키운 것과 마찬가지란 마음까지 드네요.

집에 돌아와 멸치를 깝니다. 신문지 위로 쏟아진 굵은 멸치 한 박스 속, 수백 개의 휑한 눈알들이 저를 올려다보고 있습니다. 예전엔 멸치 다듬을 때면 어린 딸아이가 멀찍이 떨어져 물어보곤 했죠.

"엄마, 봐? 저 눈이 나 봐?"

등이 갈리고 머리가 잘리고 내장과 뼈까지 발겨지는 비린내와 머리가 떨어져서도 감지 못한 눈을 보면서 말이죠. 그 모든 눈알들을 살아 있는 눈으로 보며, 두어 걸음 뒤에서 조심스레 묻던 질문은 차차 생략되어 갔죠. 아이가 소녀가 되고 청년이 되었으니까요. 장성하였음에도 불구하고 여전히 제 딸은 멸치볶음을 찾습니다.

저 말 없는 것들이 김치볶음과 단무지만 있던 도시락 그릇을 채웠습니다. 저 입이 닫힌 것들 대가리가 무와 양파와 함께 끓고 있는 가난한 밥상머리를 구수하게 물들였어요. 그 작은 은빛 몸체들이 곡괭이와 용접기와 호미를 쥔 광부와 선반공과 농부의 굽은 무릎과 손가락 마디마디 단단한 뼈가 되어 주었고요. 으샤 으샤, 함께 멸치 그물을 털던 어부들처럼, 말없이 문 앞에 박스를 놓아 두고 간 택배 기사처럼, 멸치는 행어(行魚), 끝없이 행합니다. 한 몸체가 되어 춤추며 거대한 물고기를 피해 나아갑니다. 스스로를 살려 남을 먹여 살리기도 하면서. 밟고 지나가도 다시 꼿꼿이 고개 드는 질경이, 방구쟁이, 눈에도 안 띄는 땅빈대풀…. 그까짓 것, 것들이 말입니다. 뽑아도 다시 올라오는 개망초와 명아주여, 가난한 시여, 그대는 뽑혀도 다시 머리 디미는 잡초 사이에서 태어나고 있구나.

언니들과의
저녁 식사

골치 좀 아픈 숙제를 막 끝내고 한소끔 쉬다 보면 아랫집 맹구 언니한테서 전화가 옵니다. 밥 먹으러 오랍니다. 나 배고픈지 우찌 알았대, 웃으면 웃음으로 대작합니다. 내가 귀신인데 뭘 몰러. 어떻게 뭘로 배를 채울까 할 때마다 희한하게 부르곤 합니다. 가만 앉아서, 글을 쓰는지 잠만 자는지 밥 먹는지 다 알고 있는 것 같습니다. 비밀이 없다니 겁도 납니다.

언니네 집 문을 여니 산에서 꺾어 온 옻나무가 톱으

로 썩썩 잘려 벽에 걸려 있습니다. 여든 살 가까워 가는 맹구 언니가 직접 썬 것들입니다. 옆에서 톱질하는 것을 본 적도 있어요. 산에 가서 톱으로 잘라 온 엄나무가 맹구 언니 키보다 컸습니다. 간장을 다 먹고 나면 오래된 간장 밑에는 소금 알갱이가 조금 쌓이는데, 그것을 찍어 먹어야만 옻닭이 완성된답니다. 다 찢어서 앞에 놓아 둔 그 귀한 옻백숙 다리를 먹으며 옛날 이야기를 듣습니다.

"집 나올 때 돈이 읎어 갖고 아부지가 다섯 가마 쌀 얻어 줬어. 쌀 한 말이 400원인가 그랬으니께, 다섯 가마니가 만 8천 원이야. 보증금 만 원 주구 방세는 천 원 주구 서울살이 시작했지. 동생이 와서 뭘 해 먹을까 하고 있으니께, 앞집 아주머니가 이사 오셨수? 그래. 머 일거리 좀 맡아 주믄 안 되까 해서, 그럼 좋쥬, 그랬드니 가오리연을 아, 이만큼 갖다 주드라고. 이게 몇 장이에유? 했더니 만 장이래.

가오리가 이렇게 생깄어. 여기다가 대나무 활마냥 네 군데 붙이는디, 그걸 첫새벽부터 일어나서 밤 12시까지 하믄 만 장 붙여. 쌀 한 되 사고 연탄 두 장 사고 두부 한

모 사고 청자 한 갑 사면 20원 남아. 새마을, 파랑새, 청자. 그땐 담배 많이 폈어. 할아부지 병간하는데 할아부지 담배를 대꼭지에 담아서 꼭꼭 눌러서 바깥에 나가 사려물고 할아부지한테 가른, 할아부지 재만 남아, 재만 남아, 그럼서 배웠지."

글을 마치고 마당에 잠시 서 있는데 언니가 쑤욱 들어오십니다. 밥은 먹었나, 혼잣말 하더니 작년 김장 김치가 맛있는데 좀 가져갈터, 그럽니다. 따라 내려가니 김치 한 포기를 고갱이만 자르고 큰 접시에 그냥 올리더니 찰밥을 고봉으로 벌써 담고 있습니다. 나는 밤이며 대추며 가득 든 자르르한 찰밥에 김치를 올리고 입이 미어져라 먹고, 맹구 언니는 어느 옛적 가오리연과 쌀 봉투 이야기를 또 이어 붙입니다.

"날마다 연을 붙였지. 이삼 년 했으니께 수억 장 붙였겠지? 허구선 지금 목동 신시가지 있는 디 들어갔잖아. 얼음스키 타는 거기께로 이사를 갔는디, 거긴 인저 쌀 봉투야. 그게 돈이 더 많드라고. 거 세멘 봉투 막 털어 갖고 재단해서 쌀 봉투 만든다고. 그전엔 공장에 가서 일해도 돈을 잘 못 받았어. 언제 와라, 다시 또 언제 와라, 먹고살아야 되니께 다른 직장 얻어서 일하다 보믄 갈 새가 없으니께 떼이는 겨.

나중에 업자들 따라 방수하는 일 따라댕기는디 돈을 많이 줘. 돈 벌어 갖고 집을 산다 어쩐다 찝적거리고 댕기는 판인디, 아는 사램 아들이 머를 잘못해 갖고 집이 넘어간대. 친구니께 빌려주믄은 손해는 안 끼치겠다 그려. 넘어가는 걸 보고선 안 줄 수가 읎잖아. 소용읎어. 으디 가서 받어. 그이도 머가 있어야 받지. 돈은 못 받을 생각허고 주는 게 맞어."

가오리연, 세멘 봉투, 방수일 해서 모아 둔 집 한 채 값이 바로 눈앞에서 꿀떡 남의 입으로 넘어가고 있습니다. 맛있단 말도 못 합니다. 숟가락은 알아서 입으로 들어가고 밥은 지가 알아서 꿀떡 잘도 넘어갑니다. 느닷없이 하늘이 하늘을 먹는다는 해월 선생 말씀이 지나갑니다. 동학의 2대 교주 최시형 선생은 "하느님으로써 하느님을 먹여 기른다"고 하지 않았습니까. 사람이 다른 생물을 먹고 사는 것이나 식물이 무기물을 양분으로 삼는 것이나 다 같다는 말씀이겠지요. 한울님을 아는지 모르는지 상관없이 이천식천(以天食天) 하는 맹구 보살의 만행은 이제 식당일로 넘어갑니다.

"찬모니께 맛있게 해서 내놔야 돼. 빨간 게가 요만큼씩 하는 게 스무 박스, 오십 박스 이렇게 와. 간장에다가 막 절귀 놨다가, 간장물 끓여 붓고 붓고 붓고 세 번만 해서 한 열흘쯤 있으믄 고추 다져 갖고 엿 넣구 막 무쳐. 하나씩 들고 얼마나덜 맛있게 먹는지 몰러.

또 청김치라고 있어. 저 밭에 있는 거마냥 널부러진 봄동, 그거 다듬어서 씻어 갖고 차곡차곡 개 갖고, 국물 짜작하게 담어. 보리쌀 물에 담거 뒀다 씻어서 곱게 빻아서 죽을 쒀서, 소금 넣고 마늘, 파 넣고 동치미마냥 담어. 손님덜이 하꼬비, 그 심부름 하는 애들 있잖여, 그 아이한티 좀 팔라고 그르믄, 하꼬비가 뛰어와서 찬모님 어떡하냐고 한 번만 팔아 주세유 그랴. 그래 갖고 아주 쪼끔 이만큼이나 팔어. 그르믄 사장이 그건 찬모가 가져, 그랴."

청김치와 국물 짜작한 그 게장 참 맛있겠다, 군침을 삼켰는데 며칠 후 앞집 임영자 씨가 부릅니다. 네 명이 밥상 앞에 옹기종기 모였습니다. 메뉴가 게장에 새우탕

이랍니다. 여든다섯 살을 지나가고 있는데, 아직도 서모
한테 장작개비로 맞고 있는 우정인 보살 어릴 적 얘기가
밥상을 물들입니다. 임영자 씨는 연신 수제비를 뜯어 넣
고 새우탕은 불불 끓고 있습니다. 어죽집과 반찬가게도
했다는 영자 언니의 국자가 그릇들을 들락거리고, 가장
연세가 높은 우정인 씨는 쑥에 보리쌀 몇 줌 갈아서 죽
을 쑤고 계시고요, 맹구 보살은 공중에다 보쌈김치를 담
고 있습니다.

"서초동 옛날 터미널 자리, 거그 갔더니 고깃집이라
그전 집하고 김치 담는 것도 달러. 거기는 배추를 똑똑
다 썰어서 막김치 담더라고. 그래 갖고선 파란 잎으로
보따리만 싸믄 돼. 보쌈김치라고 하대. 야채 다 까 났다
가 버물머물 다 버물어 갖고선 거그다 모조리 다 싸. 그
걸 떠들믄 머 굴도 나오고 잣도 나오고 호두도 나오고
밤도 나오고. 갈치젓은 찾는 대로 주고 멸치젓은 기본으
로 나가구. 멸치젓 대가리하고 까시하고 쏙 빼갖고 알맹
이만 살만 양짝으로 나오거든. 꼬추 마늘 썰어 넣고 무
치면 맛있어. 갈치젓은 또 칼로 다져서 꼬추 마늘 다지
고 해서 무쳐 놓으믄 맛있어. 꼬추 찍어 먹고 쌈 싸 먹는

디 별미야. 찰밥 해 갖고 똘똘 뭉쳐서 계란만 허게 나가
는디, 찰밥이랑 멸치젓이 단짝이여."

　　밥 먹으러 오슈

　　전화받고 아랫집 갔더니

　　빗소리 장단 맞춰 톡닥톡닥 도마질 소리

　　도란도란 둘러앉은 밥상 앞에 달작지근 말소리

　　늙도 젊도 않은 호박이라 맛나네,

　　흰소리도 되작이며

　　겉만 푸르죽죽하지 맘은 파릇파릇한 봄똥이쥬,

　　맞장구도 한 잎 싸 주며

　　밥맛 읎을 때 숟가락 맞드는 사램만 있어도 넘어
가유,

　　단소리도 쭈욱 들이켜며

　　달 몇 번 윙크 하고 나믄 여든 살 되쥬?

　　애썼슈 나이 잡수시느라,

　　관 속같이 어둑시근한 저녁

　　수런수런 벙그러지는 웃음소리

　　불러주셔서 고맙다고, 맛나게 자셔주니께 고맙

다고

슬래브 지붕 위에 하냥 떨어지는 빗소리

　　　　　　　— 김해자, 「언니들과의 저녁식사」 전문

　기껏 차려서 초대하고도 와 줘서 고맙다 하고 먹어
줘서 고맙다고 떠들고 웃는 사이에도 비가 옵니다. 비가
슬라브 지붕 위에서 장단을 때리든 말든 맹구 언니의 전
설 따라 삼천리는 꼬불꼬불 이어집니다. 식당일 30년,
공사판과 반찬가게 10여 년, 절에서 공양주 보살 10년
넘게 했다는 맹구 언니가 담근 김치와 반찬을 쌓으면 평
평골과 망경산 사이를 다 채울 것만 같습니다.

　마흔 초반에 엄마를 여읜 저는 이 언니들을 속으로
엄마라고 부릅니다.

　"나 죽을 때까지 쭈욱 여기 살아. 그럴 거지?"

　문간에서 손을 잡고 말하는 '속으로 엄마'께 대답도
잘 합니다.

　"네, 그럴게요."

　엄마가 많아져서 매일 배부릅니다. 서울 가서 돈 벌
어 돌아오면 뭐 맛나게 드실 양과자라도 사 오고 싶어

지죠. 엄마가 많으니 두어 봉다리는 사 와야 합니다. 폭우가 쏟아질 때마다 부엌이고 방이고 물을 퍼내야 할 맹보살이 걱정됩니다만, 맹 보살의 만행은 빗소리처럼 울려 퍼집니다.

"평생 계약서 쓴 적도 읎고 얼마 주겠단 소리도 읎고 물어본 적도 읎고, 얼마 달란 소리도 안 해 봤고 참 멍청하게 살았어요. 지금도 그려. 얼매 주니 우짜니 그런 거는 별로 안 따져 정말. 괜히 돈 때문이 시끄럽기 싫어. 통장이고 머고도 읎어. 저기 머야, 꽃 심으러 다니고 머줏으러 다니고 했다고 통장 하나 맨들었는디, 그것도 국세청에서 돈 신청해서 타 먹으라고 해 갖고, 그거 땜시 우체국 통장 하나 맨들었어. 두 번째는 기초수급 한다고 예순다섯 넘어서 처음 통장 만든 겨.

그냥 마음으로 흡족하게 살어. 건강하고 나 살면 되는 거지, 까짓 거 따질 것도 읎고…. 누가 바쁘다믄 마늘 심으러도 가구, 양파도 심구, 마늘도 까 주구. 밤 따는 디 부탁하믄 밤도 줍구, 청국장 해 달라믄 청국장도 띄워 주구. 아프다믄 메밀묵도 쒀 주구. 마을에 손님 온다 하믄 조금 일쩍 가서 거들구, 동네 펜션 청소도 좀 해 주

구, 이불도 깨깟이 빨아 주구…. 머 축제한다믄 가서 와
플도 며칠 굽구, 꽃도 심구, 풀도 매구. 머 별 수 있어, 그
렇게 하루하루 잘 사는 거지."

감나무
몇 그루
서 있는 집

올해 일흔두 살, 기축년 소띠 생인 이종관 씨는 늘 회색 작업복 차림입니다. 뒤에 까만 철제 사다리가 솟아 있는 하얀 트럭이 우리 집 마당 옆을 지나가면 그가 공업기술자로 변신했다는 뜻이고, 주황색 트랙터나 포클레인을 몰면 농부로 돌아왔단 신호죠. 아침 일찍 방송하거나 해도 뜨지 않는 새벽 제설차 소리가 나면 그가 이장 혹은 동네 봉사자로 돌아왔다는 거고, 늘 열려 있는 갈색 나무 대문 안에서 웃음소리가 울려 퍼지면 동네 어른이자 집안 장손이자 가장으로 돌아왔다는 겁니다. 이종관 씨는 농사는 물론 알루미늄 섀시 일도 하고 창문도 만들어 달고 인근 학교들 공사도 맡아서 하고 웬만한 집도 고칩니다.

제가 우리 동네에서 제일 좋아하는 집은 이종관 씨 댁입니다. 이장님네 뒤란 장독 위로 줄줄이 서 있는 감나무와 이 집 나이는 동갑입니다. 집 지을 때 이장님 아버지가 심었으니 나보다 연세가 위입니다. 이장님은 감나무에 올라가 장대로 감을 따고, 나는 아래에서 받아먹으면서 어린 시절로 돌아간 듯 즐거웠습니다. 빨간 바구니 가득 든 감을 싸 들고 집에 돌아오면서 저절로 노래가 흘러나왔죠.

"따 먹고 내다 팔기도 하려고 심으셨것쥬. 저거 울거서 천안 원성동에 청과시장에 내었쥬. 새벽 두세 시에 짊어지고 가는 거유. 옛날엔 지게로 지고 갔고, 그 담엔 마차, 그 담은 용달차로 갔쥬. 시장 도착하면 다섯 시, 날이 새쥬. 그래야 손님이 오잖유. 나무 장사하는 사람들도 다 이 길을 지게로 지고 간 거. 한 55년 전 얘기지. 70년대까진 그랬다는 거쥬."

이장 그만둔 지 일 년 되었지만 전 아직도 그를 이장
님이라 부릅니다. 이장님 댁 대문을 들어서면 요새는
보기 드문 맨지르한 흙바닥 위에 금낭화니 채송화니 상
사화니 하는 온갖 꽃들이 철철이 돌아가며 피어 있습니
다. 이장님 아버님이 지으신 이 집 연세는 74년. 처음
에 초가였던 집이 기와집을 거쳐 함석집으로 변신했답
니다.

"여기 살러 들어오기 전에 대대적으로 고쳤으니께 한
20년 넘었쥬. 브로크 다시 쌓고, 창문 다시 달고, 쉬는
날마다 와서 식구들끼리 다 한 거쥬. 인건비는 안 들었
쥬. 가게 하면서 식구들대로 주말마다 와서 손으로 했으
니께. 저 뒤켠 장독도 세멘 해서 맹글고. 아궁이가 있으
면 나무 때서 물도 끓이고 고구마도 구워 먹고 뭐도 삶
고 하믄 좋죠. 불 때믄 사람한티도 좋고 건강에도 좋잖
아유. 옛날 불 땔 때는 부인병이 없었다는데…."

천장에 나무 대고 공간을 밖으로 내서 아궁이와 구들
장도 직접 만들었답니다. 세월의 흔적을 보여 주는 대청
마루와 마루 옆에 달린 창문도 옛 모습 그대로죠. 다 지
어 놓은 집에 입주하여 물건만이 아니라 사람도 수납되

는 세상에서, 하루하루 손봐 가며 만들어 가는 거주지야말로 진짜 집 아닐까 하는 생각이 듭니다. 토착 정주자인 이종관 씨에게 이 집은 자신과 식구들의 손길로 삶을 한 올씩 새겨 넣은 일대기 아니겠습니까.

몇 년 전, 마을회관 바로 앞에 있는 논에서 벼 한 포기에 몇 알이 맺혔나 세는데, 밥 먹으라 불러서 이백 알까지 세고 놓쳤습니다. 이종관 씨께 나중에 여쭸더니 산수 시간이 되어 버렸어요.

"손가락처럼 다섯 알 심으면 지가 논에서 새끼를 세 배 쳐서 이삭을 맺쥬. 한 가지에 백삼십 알 정도 맺히니께 곱하기 15 하면 이천 알 넘쥬. 딱 다섯 알이 이천 알, 한 주먹 넘쥬."

그런데 왜 못사는 사람이 있냐니까 이번엔 대단한 경제학 시간이 되었어요.

"땅이 어머어마하게 벌어 주는데도 못사는 거는 땅 없는 사람이 많아서쥬. 땅값이 올라도 너무 올랐쥬. 옛날엔 만 원, 만 2천 원, 맨날 그렇게 있었잖유. 땅은 가만히 있는 게 젤로 좋쥬. 많이 오르면 그만큼 세금 많이 내야 되잖아유. 공시지가 오른다고 땅을 팔아먹는 것도 아니잖아유. 어차피 농사짓고 살 건데."

특이한 대지의 계산법이었어요. 농사지어 돈이 크게 안 되니 땅값이라도 오르길 바라지 않을까 생각하던 내 소견이 틀렸다는 걸 확인했죠. 적어도 농민 이종관 씨에겐 그렇습니다. 그때 문득 자연과 땅과 노동력을 상품이라고 우기는 건 경제학자나 자본가들 생각 아닌가 싶었습니다. 이종관 씨에겐 노동과 농사란 살아 있는 존재의 활동이고, 토지란 편의상 이 집 저 집 분할된 자연의 일부로 여겨지는 것 같습니다.

서울에서 두어 시간 거리에 있는 땅 임자는 거의 서울 사람입니다. 우리 동네도 일 년에 120만 원, 150만 원, 연세를 내고 사는 집들이 많아요.

"자급자족할 땅은 있어야쥬, 누구나. 아흔 살까지 농사짓는데. 채소고 곡식이고 고만큼 재배할 땅이. 농촌 사는 원주민들이 땅을 못 사게 올라 버렸슈. 앞으로 고향세 받을 거여유, 일본처럼. 농촌에 땅 있는 사람들헌티. 자기 고향 도와주는 세금."

몇 년 사이 논 있던 자리가 하나둘씩 사라지고 허연

비닐하우스가 들어서고 있습니다. 벼 자라던 논 자리에 한 해에 두세 집은 새로 지어지고 있죠. 물론 감나무 같은 건 안 심고 빈터에 대체로 잔디만 심습니다. 새로 지어지는 집이 있다는 건 야트막한 뒷산, 옆산이 깎여 나가거나 옛집이 허물어진다는 말과 동격인 것 같습니다. 허물어진다는 것은 거기에 살던 사람이 요양원에 오래가 있거나 세상을 떠났다는 말이기도 하죠.

삼대가 걸쳐 살았던 향나무 꺾인 집을 나오면서 자꾸 뒤돌아본 건 감나무에 걸쳐논 바랜 장대 때문이다 마른 호박 줄기 엉켜 기지개 한번 켜보지 못하고 주저앉은 비닐하우스 늙은 호박이 땅에 닿을 듯 말듯 바람 줄기 쥐락펴락하는 손힘이 빠진 지 오래다

고사리 장마에 고개 내밀다 꺾인 고사리밭은 조릿대가 살얼음빛으로 서걱이고 벙어리 뻐꾸기가 피 토했던 상수리나무의 그늘이 옷깃을 잡는데 사람 숨소리에 기둥도 반듯하게 선다는 집, 그러나 처마 처진지 오래된 아버지의 아버지의 아버지의 집 남의 손에 넘기고 돌아오던 날, 내 눈물을 낡은 양파 망에 담은

장대가 하늘 높아 더 추운 겨울을 푹, 찌르고 있다 까
치가 파먹다 찢어진 홍시가 그대로 얼어버린 집에서
— 박경희, 「아버지의 아버지의 아버지의 집」 전문

'감나무 몇 그루 서 있는 집'은 몇 개 안 되는 내 로망
중의 하나입니다. 따 먹기도 하고 내다 팔기도 하고 나
눠 먹기도 하고 배고픈 새의 양식이 되기도 하는 감은
어디 버릴 데 하나 없어요. 심지어 먹고 남은 감꼭지까
지 말려서 우리면 차가 되지요.

초록빛이라고도 말할 수 없는 여린 연둣빛이 반짝이
는 새잎이 돋아나면 얼어붙었던 대지에 봄이 확실히 왔
다는 소식입니다. 감꽃이 피고 지면서 열매를 달면 이제
맘껏 기지개 켜고 대지와 사랑에 빠지라는 하늘의 명령
입니다. 감잎에 붉노랗게 단풍이 들면 이제 벌여 놓았던
것들을 갈무리하라는 겁니다. 잎과 꽃 피우고 열매까지
다 따 가고 나면 감나무는 평생 산정에서 수도한 노승
형상이 됩니다. 여기저기 갈라진 듯 보이는 마른 수피를
드러내며 대지에 꼿꼿이 서서 눈을 맞고 있는 감나무는
아무리 봐도 감동을 줍니다. 한번 자리 잡은 곳이 평생

집인 감나무처럼 평생 하늘을 올려다보고 땅에 엎드려 살아온 사람들도 아름답습니다.

이제 새로 생긴 우리 집에도 감나무 두 그루가 자라고 있습니다. 충북 영동 산골짝 사는 후배 집에서 이사 온 나무입니다. 후배가 새벽에 나가 곡괭이와 삽을 들고 둥시 감나무를 얼러 가며 이사 가서 잘 살아라, 속엣말 들어 가며 뽑혀 온 귀한 나무죠. 제법 굵은 우듬지가 대지와 하늘을 잇고 있습니다. 자리를 옮기고 나서 '둥시'는 몇 달 시름시름 앓았습니다. 잎도 몇 잎 안 올리고 줄기도 물기 없이 부르튼 듯 보였죠. 올해는 열매 하나 달지 못했지만, 몇 잎 피우고 가지를 뻗어 가는 감나무를 보면서 제 눈은 땅과 하늘 사이 오래 머뭅니다.

과거의 거울에
비추어

　　"온양온천 청냉이고개는 논이 천 배미라 청냉이야. 홀시아부지하고 홀며느리하고 개하고 세 식구만 사는디, 넘의 집은 보리방아 찧어서 먹는데 이 집은 먹을 게 없는 거야. 개가 누구 보리 쩌 놓은 데 가서 처먹고 와서 다 토해 놓는디, 바가지에다 한가득이드랴. 날이 궂을라믄 개가 풀도 뜯어 묵고, 머 보리 쩟어 노믄 막 먹구 그러거든. 개가 토해 놓은 걸 깨끗이 씻어서 밥을 해 갖고, 며느리 두 숟갈 퍼 묵고 시아부지 갖다 드리

고 개도 주고 허는데, 어느 날 우당탕 천둥이 치고 비가
오고 벼락이 치고 난리가 났대. 그래서 내가 죄가 많다,
할아부지가 나와 절 해도 안 되구, 개가 엎드려두 안 되
구. 그래 며느리가 내가 죄가 많아유, 개 토해 논 걸 어
르신한테 드렸으니 허고선 나오니께 번개가 딱 치더니
며느리가 글쎄 간 데가 없드라."

소설에도 시에도 신화에도 안 나오는 이야기입니다.
이곳 사구실마을에서 오 리 떨어진 마을이 고향인 맹대
열 씨에게서 이런 전설 같은 이야기를 듣곤 합니다. 밥
먹으면서 듣고 산에 가면서 듣고 밭에서 듣습니다. 저는
여든이 코앞인 맹대열 씨의 옛이야기를 들으며 그랬구
나, 불과 60~70년 전엔 이렇게 살았구나 싶습니다.

"그래 갖고서는 며느리가 찾아도 없고 동네 사람 다
찾아다녀도 없고 그러더니, 몇 시간 만에 슬슬 오더라.
아이고, 아가야, 너 어디 가서 있다 왔냐. 벼락에 다 죽
은 줄 알았더니 으째 이렇게 안 죽고 왔냐. 이러니께, 아
버님, 벼락칼로 옮겨다가 저짝에다 내려놨는디, 아주 큰
돌팍이 딱 짜개지더니 요만한 항아리가 들어앉았어유.
항아리를 열어 보니께, 기양 노랗고 반짝반짝한 게 한

가득 들었슈. 그래 덮어 놓고 오는 길인디 어떡하면 좋아유? 가져야 돼유, 말아야 돼유? 시아부지 말씀이 그래 그래, 어휴 가만 있어 봐라.

집이 쌀이 없으니, 누구네 집에 가서 쌀을 좀 달라고 했더니 주드랴. 그 쌀을 갖다 밥을 해 갖고 개랑 셋이가 밥을 갖다 놓고 고맙다고 절을 하고. 그 돌팍 항아리에다, 이 금을 으떻게 써야 하냐고 막 절을 스무 번 백 번 허는디 대답이 있어? 없지. 근데 저녁에 잠을 자고 났는데, 몇 배미 없던 논 앞에 천 배미가 떡하니 생겨서, 금싸래기랑 천 배미 논이랑 바꼈댜. 그래서 '천배미금싸라기고개'다, 이름이 딱 떨어졌대요.

요샌 아파트를 지어 갖고 천 배미도 없대. 거그 천배미고개 딱 올라가서 내려다보믄 동구나무 같지도 않은 것이 하나 있어. 근데 그 느티나무 밑에 물이 얼마나 좋든지 몰러. 물이 얼마나 많은지, 그 물로다 천 배미 만 배미 농사를 다 지었댜."

송곳 꽂을 땅 한 뼘 없이, 얼마나 굶는 사람들이 많았으면 논배미마다 이런 이야기들이 생겼을까요. 인근에 사당이 있는 조선시대 시인 맹사성 후손이라 할아버지가 아산 천안 여기저기 불려 다니는 훈장이셨답니다. 남동생 하늘천따지 배울 때 같이 있었는데, 콩 까고 고르고 바느질하고 베 짜며 들어서 소리로는 다 아는데 보는 건 까막눈이랍니다. 언니가 둘이니까 남동생 보라고 남자 이름으로 지어 줬다는 대열 씨 말을 들으면 세포마다 이야기가 차곡차곡 쟁여졌다 나오는 듯합니다.

"쩌어기 금강 다리 만들 때 말여, 쌓으면 무너지고 올리면 부서지고 말여, 하도 인부들이 죽어 나가니께, 하루는 부모 형제 없는 걸인 아이 하나를 세멘 공구리 치는 데다가 넣었는디, 글쎄 다음날 일할라고 보니께 아, 그 아이가 멀쩡하니 살아 있드랴. 부처님모냥 척 하니 세멘 한가운데 앉아 있었다는 겨."

맹대열 씨의 구수하고도 아픈 얘기를 듣고 와서 제가 좋아하는 책을 펼칩니다. 오스트리아에서 태어나 수없이 많은 나라에서 세계인으로 살았던 이반 일리치의 강연 모음집 『과거의 거울에 비추어』입니다. 이 책을 읽으면 이상하게 마음이 맑아지고 평화로워집니다. 다소 어렵고 무거운 주제의 글을 써야 할 때면 워밍업하는 기분으로 이 책의 아무 데나 펼쳐 읽곤 합니다. 푸른 포도송이가 동글동글 머리 위에서 끝도 없이 내려오는 듯하니까요. 그 포도알 아래를 가만히 걸어가는 듯한 느낌이 들기도 하고요. 내 글도 누군가에게 그런 마음으로 읽혔으면 참 좋겠단 생각도 듭니다. 책 하나 만드는 데 백 년 살아온 나무 몇 그루가 든다는데 책은 웬만하면 덜 내야지 싶기도 합니다.

그의 말에는 현대의 상식과 진보에 대한 반성과 깊은 통찰이 담겨 있습니다. 그는 어릴 때 전쟁을 피해 할아버지가 사는 크로아티아의 브라츠 섬에 가서 산 적이 있는데, 그 섬은 5백 년 동안 수많은 지배자가 오고 갔고 총독의 관복과 언어는 여러 차례 바뀌었지만, 일상에는 거의 변화가 없었답니다. 똑같은 올리브 나무 서까래로 집 지붕을 받치고, 지붕 위에 얹은 똑같은 석판으로 빗물을 받아 모으며 살았다고 해요.

할아버지와 이웃들은 바깥소식을 한 달에 두 번 접했대요. 바깥소식은 돛단배를 타고 닷새 걸려 들어왔고, 증기선은 사흘간 뱃길을 타고 들어왔다고 해요. "한길에서 멀리 떨어진 곳에서는 역사가 알아차리지 못하게 느릿느릿 흘러"간다고 일리치는 말하더군요. 환경은 대부분 공용에 속했으므로, "사람들은 자신이 지은 집에서 살았고, 가축이 밟고 다니는 길거리를 따라 움직였으며, 물을 자율적으로 확보하여 쓰고 버렸고, 큰 소리로 말하고 싶을 때에는 목청을 돋으면 되었"다고 해요.

1926년에 처음 확성기가 섬에 도착하고부터 삶이 달라졌대요. 그전엔 모두 똑같이 고만고만한 목소리로 말을 했는데, 그날부터는 누가 마이크를 잡고 누구 목소리가 확성되는가에 따라 서열이 정해지기 시작했다는군요. "정적(靜寂)은 이제 공용에 포함되지 않게 됐습니다. 확성기들이 서로 차지하려고 경쟁을 벌이는 자원으로 바"뀌고, "확성기를 이용할 수 없으면 그 사람은 입막음을 당하는" 격이 된 거죠. 공간이라는 공용이 "교통이 동력화되면서 파괴되는 것처럼", 말이라는 공용 역시 "현대적 통신수단이 잠식해 들어오면 쉽사리 파괴된"답니다. 일리치는 간절하게 말합니다. "남아 있는 공용을 방어하라"고.

그나저나 맹대열 씨의 구술은 계속됩니다. 저는 공용

(共用)과 공식(共食)을 살아오며 몸으로 써 온 책들을 받아 적습니다.

"산에 들에 아, 꼬춧잎나물 있지, 두릅 오갈피나물 있지, 가시 잔뜩 달린 엄나무 잎 있지, 옻순 있지, 다 맛있지. 언니하고 나하고 동네 사람들하고 산에 가면 가다가 고사리도 꺾고 취나물도 뜯고, 또 머여? 응, 미역취 곰취 뜯어다 삶아 갖고 나물 먹지. 어릴 땐 산에서 살았어. 밥 먹으믄, 들에 안 가믄 산에 가지. 여서 보이는 높은 저거 망경산이 내 밭이고 놀이터여. 창출 또 구절초, 또 머야, 지치. 그거 놀랜 디 댈여 갖고 먹으믄 약이야. 술도 담고 음식도 하고 염색도 하고 송편 내릴 때도 쓰고. 또 잔대, 도라지하고 똑같지. 둥글레 같은 건 쳐주지도 않어.

그 망경산 꼭대기 높은 데서 나는 오갈피는 진짜 약이야. 끓여도 먹고 닭도 고아 먹고 또 술도 담그고 잎은 나물 해 먹고. 그거 약이다 해 갖고 언진가 막 떴는디, 겨울이믄 막 꺼먼 퇴비를 뿌려 갖고선 빨아 묵고 한까반에 커. 그라믄 가을에 싸악 베 버리고 겨울에 또 뿌리고. 나물이나 먹지, 약이 아닌 약이 된 겨. 저기 뭐야, 목천

병천 그짝에 오갈피 농장을 해 놨었어. 관광차를 데려가서 엑기스를 팔아 먹었잖아. 그게 오염이 돼 갖고, 막 황달이 생기고 막 그래 갖고 폐쇄됐잖아. 여기 앞에 양기봉이도 그거 먹고 죽을 뻔했어."

맹대열 보살은 차이와 구분이란 단어를 쓰지 않고, 전통과 현대라는 말도 모르는 채로 과거와 현재 사이를 가로질러 이야기를 계속해 나갑니다.

이반 일리치는 "강자의 흥망성쇠를 주로 기록한 거의 전쟁사가 되어 버린" 역사 서술 대신 "일상의 세밀한 세속사가 기록"되기를 바라더군요. 저도 그러기를 간절히 바랍니다. 일리치 눈에는 "강자가 되어 보지 못한" 관점에서 역사를 기록하는 것 또한 문제가 있어 보입니다. "노예와 농민, 소수자, 소외 계층의 저항과 폭동, 반란의 역사"가 삶의 대부분인 것처럼 기술되니까요. "더 근래에 와서는 프롤레타리아의 계급투쟁이나 성차별에 맞서는 여성의 싸움을 기록하고 있습니다". 하지만 "이 새로운 역사도 전쟁에 초점을 맞추는 경향"이 있으며 민초들의 일상이 생략되어 있습니다. 뭐를 먹고 뭐를 하고 무슨 마음으로 사는지 실감할 도리가 도통 없습니다. "자신을 지켜 내기 위해 상대와 충돌하는 모습을 통해 약자를 그리는 것"일 뿐, "저항의 이야기를 나열하면서 과거의 평화에 대해서는 넌지시 서술할 뿐"이니까요.

그나저나 저는 살아 있는 박물관의 이야기를 계속 받아 적습니다. 조만간 이 걸어 다니는 책들이 먼지처럼 사라질 테니까요.

"그땐 없어도 먹는 것 갖고 뭐, 없다 그러믄 십시일반으로 뭐래도 쪼금씩이라도 갖다주고 다 먹게끔 했어. 고기는 고기지, 비계 살코기 그런 거는 옛날에는 따지지도 않았어. 기름 붙은 디 그거 딱 잘라 놓고선, 솥뚜껑 엎어 놓고 불 때면서 부침이 해 봐. 콩을 담가 놨다 쌀 좀 넣어 가지고 갈아. 그래 김치 좀 썰어 넣고 파 같은 건 옛날에 많으니께, 야채 다 썰어 넣고선 돼지기름을 질질 녹여 가면서 부침이 하믄 진짜 맛있어. 그때는 우리가 다 재밌게 살았어요. 감추는 게 읎어. 뭐 어찌 됐든 노나 먹을라고 애를 썼지.

우리는 엄청 지사가 많아 갖고 일 년 내 제사 지내는 겨. 열두 번인가. 명절 끼고 맨날 제사고 맨날 생신이

구. 지사 많아두 잘 먹으니께 좋아. 이러구저러구 할 것 없이 자꾸 뭘 먹지, 남 갖다 주지, 신나. 제사 지내고 남은 거 갖고 손님도 대접해. 거 제사 때 두부를 맹글어 부쳤잖어. 그러믄 간장 끓였다 식혀 놨다 물 좀 붓고 점벙점벙 담가 놔. 그래 갖고 손님이 오면 꺼내 갖고 골패장마냥 이렇게 잘라 갖구선 내놓으믄 그렇게 잘 드셔. 두부를 금방 맨들 수도 없는 거구, 손님은 갑자기 오시고⋯."

저는 이반 일리치처럼 "지구상에서 지워져 버린 주체에 대해, 그 흔적이 짓밟혀 버렸거나 바람에 날아가 버린 사람들"에 대해 생각합니다. "농민과 유목민, 마을 문화와 가정 생활, 여성과 아이"들의 비밀스런 이야기를. 아무리 역사학자가 연구하려 해도 흔적이 남아 있지 않아 땅속에 묻힌 평범한 사람들의 삶을. 뼈만 앙상한 역사 속에서 숱한 사람들의 속담과 이야기와 수수께끼와 노래 속에 귀를 기울이며 그들의 삶을 조각하려 노력해 봅니다.

빈민가에서 활동했던 수도사 일리치를 흔히 급진적 혹은 과격함을 의미하는 radicalist라 부르는 모양입니다. 맞는 말도 같아요. radical이 근본, 즉 뿌리로부터 생각하는 사람이기도 하니까요.

며칠 전 월식이었습니다. 한밤중 마을회관 앞에 서서 먹혀 들어가는 달을 올려다보다 맹대열 씨가 지나가듯 말씀하신 수수께끼가 밤하늘에 펼쳐집니다.

"물에 빠졌으까, 산에 멕혔으까. 아이, 반달이드니 초생달이드니 인저 달이 진짜 안 뵈네. 저게 월식이라고? 먼 일로 구름도 안 뵈는데 어디 가려 갖고 멀쩡한 보름달이 안 보인다? 참 희한쿠나. 이제 다 가렸네. 그래도 머 다 가리진 못하고 동그란 그림자가 보이잖어? 묻히네. 묻혀도, 나 달이다 하고 다 보여. 아주 죽은 게 아녀. 달, 니도 시련이 많구나….

어릴 때 저런 걸 봤는디, 달이 한참씩이나 안 나오는 거 보니께 어디 처박혔나 궁금해 죽겠는 거야. 물에 빠졌으까 산에 멕혔으까, 몸이 달아 갖고 한참 산을 처다보니께 하늘이 다 목화송이마냥 환혀. 언제까지 처다봐도 다 목화송이드라고. 야, 그렇게 물이 있어 갖고 꽃이 되었구마. 그라고 한 십 분쯤 있으니께 하나하나 다 옰

어지대. 그렇게 목화송이가 싹 한까반에 읊어지는 게 아
녀. 별이 고렇게 많아도 달 하나만 못하구나. 별이 아무
리 여럿이 밝혀도 달 하나만 못혀…."

만나 보니
우리의
사부들은

　　　　　늦은 점심을 먹고 앉아 있는데 마을 방송
이 들립니다. 순천향병원에서 돌아가셨다는 말은 들리
는데 귀에 손을 대고 들어도 성함이 분간이 안 됩니다.
몸이 편찮으신 동네 어르신들 얼굴이 쭈욱 지나갑니다.
　코로나로 마을회관이 폐쇄된 지 이 년이 다가오고 있
네요. 한 달에 열 번쯤 점심밥도 같이 해 먹고, 툭하면
옥수수니 고구마니 쪄서 나눠 먹으며 조석으로 얼굴을
맞대고 지낸 날들이 꿈만 같습니다. 누가 아픈지, 누가

무슨 사정이 있는지, 누가 이사 들어왔는지 나갔는지, 적어도 겉사정 정도는 알고 지내던 사소하고도 단순한 일들이 말입니다. 누가 사 왔는지 몰라도 회관 냉장고에 든 과일들 나눠 먹고 커피도 나눠 마시다 보면 이런저런 일들이 대략은 읽혀지던 날들이 뚝 끊긴 거죠. 큰일 아니면 멀리서 짐작만 할 뿐 어찌들 사는지 알 수도 없습니다.

동네 사정에 밝은 언니께 전화하니 숯가말 어르신이 돌아가셨답니다.

"아니 왜 우리 동네보다 건넛마을 방송이 잘 들려유?"

"산이 안 맥혔잖여. 논바닥이 휙 터졌으니께 소리가 일사천리로 달려오나 보지 머."

혹시 그 어르신이…? 싶었던 얼굴 중에 달래 씨도 있었습니다. 떠올리자마자 사진 몇 컷이 지나갔죠.

천안역에 내려 버스를 타고 두세 정거장 지나는데, 중앙시장에서 마대자루와 봉다리가 묶인 밀개차가 떡하니 버스에 올라탑니다. 뒤이어 커다란 고동색 다라이를 옆구리에 낀 어르신이 올라탑니다. 나물 다라이가 놓인 중앙시장 어귀가 마음 사진에 찍힙니다. 이른 봄날 나물이 가득 든 큰 배낭을 메고 내려옵니다(마음 사진은 속도 촬영됩니다). "뽕잎 따. 어린 잎 데쳐서 무쳐 먹으면 맛나"(이 사진은 목소리도 들립니다). 버스에 오르자마자 그분은 곯아떨어집니다. 발과 손으로 다라이와 밀개차를 꼭 잡은 채. 버스가 30여 분을 달려 마을 입구에 도착하자 엉거주춤 일어나 다라이를 잡습니다. 저는 얼른 밀개차를 들고 버스 계단을 내려옵니다. 밀개차와 다라이가 사이좋게 동네 어귀로 들어서네요.

기억하다 보니 세세한 장면까지 수면 위로 떠오릅니다. 내 뇌에서 돌아가며 전시되는 이 사진을 글이라 부르는 것 같습니다. 쓰다 보니 한층 세밀한 사진들이 인화되는군요.

겨울이면 볼이 살짝 터진 듯이 홍조가 배인 뺨과, 가물어 터진 날 논에 물을 대는 사진 또한 저 밑에 고여 있던 우물 속 두레박을 타고 찰랑찰랑 올라옵니다. 너무 오래 앓아서, 말랐다고도 말할 수 없는 수수대 같은 남편 대신 늘 일구덩이에 살아온 내력이 줄줄이 열린 콩처럼 올라옵니다. 울타리에 심은 동부를 따서 건네주며

"내년 봄에 심어 봐" 하는 소리도 들립니다. 현관문 두드리고 들고 있던 털이 부숭부숭한 분홍색 실내화와 덧버선과 몸뻬와 블라우스도 지나갑니다. "입을 만한가 몰러. 아들이 옷 장사 혀."

　　만나 보니 우리의 사부(師父)들은 가난하지만 상당히 즐겁게 살고 있었다
　　거기에는 예술도 종교도 있었다
　　지금 우리에게는 오로지 노동이, 생존이 존재할 따름이다
　　종교는 지쳐서 근대과학으로 대치되었지만 과학은 차갑고 어둡다
　　예술은 지금 우리를 떠났지만 쓸쓸히 추락했다
　　지금 종교가나 예술가라는 사람들은 진(眞)이나 선(善) 혹은 미(美)를 독점해서 파는 자들이다
　　우리에게 살 만한 능력도 없고, 또한 그런 것을 필요로 하지도 않는다
　　　　　　　　　　　　　　—『미야자와 겐지 전집 12』 중에서

재생된 사진을 글로 쓰는 동안, '달래 씨'가 점점 귀해
지다 위대해지더니 울컥합니다. 곳간에 간직된 사진들
이 흘러넘칩니다. 그와 나 사이에 무언가가 가득 차더
니 넘칠 듯 말 듯 찰랑거립니다. 버스 타러 나가는 내게
돈 많이 벌어 오라고 손 흔드는 필름도 실시간으로 현상
됩니다. 마음의 곳간에서 사진들이 미어터져 나옵니다.
내 눈에 보이고 다시 들리는 재생된 날것들의 동영상이
지나가는 동안 나는 나 자신의 정체성을 잃습니다. 자타
가 구분되지 않게 하나로 이어지는 글이라는 작업은, 감
히 말하건대, 에로스와 친척뻘 정도는 되는 게 분명합니
다. 쓰는 동안 진짜 내가 여기 존재하고, 그분 또한 생생
히 내 앞에 현존합니다.

　　이제 우리는 다시 올바른 길을 걸어서 우리의 미
　를 창조해야 한다
　　예술로써 저 잿빛의 노동을 불태워라
　　여기에는 우리들의 끊임없이 계속되는 깨끗하고
　즐거운 창조가 있다
　　도시 사람들이여 와서 우리와 어울려라 세계여 순

수한 우리를 받아들여라

—『미야자와 겐지 전집 12』중에서

미야자와 겐지는 너무나 옳은 소리를 했습니다. 겐지 말대로 살았다면 오늘날 지구는 이 모양 이 꼴이 아닐 겁니다. 예술과 노동 또한 다른 모양새일 게 분명합니다.

그러나 대지가 아무리 순수하게 줘도 인간이 이룬 촌락은 교환 논리가 지배합니다. 농촌이 깨끗하다고요? 아닙니다. 나무에 비닐이 새처럼 앉은 채 날고 있는 풍경을 보지 않거나, 백합 향기와 섞인 제초제나 농약 냄새를 맡지 않고 길을 지나다닐 일은 없습니다. 농촌이 조용하다구요? 아니요. 건너편 집 위에 산이 있는데 벌써 보름째 기계가 바위 혹은 흙을 까대는 소리가 요란스럽게 들립니다. 저도 올여름 일조했습니다. 이제는 더 이상 쫓겨가지 않아도 되는 자격을 얻은 죄로, 내 집이 된 마당 콘크리트를 맘 놓고 까대기했습니다. 곧이어 미장도 했습니다. 한 길 건너 공사이고 한 길 건너 길이 만들어지고 파헤쳐집니다. 찰랑찰랑 물이 차 있던 논들은 반 나마 비닐하우스가 되고 있습니다.

도시 사람들이여, 우리와 어울리려구요? 아니요. 어울리기 참 힘듭니다. 낮고 가난한 팔레스타인 주거지역을 포위한 환한 불빛의 유대인 지역처럼 농촌은 분리되어 있습니다. 그러면 많이 힘들겠네요. 네, 힘듭니다. 아직도 모기 물리고 벌레 들끓는 흙이 무섭습니다. 그러니까 누가 시킨 것도 아닌데 왜 그러고 사냐구요? 모르겠습니다. 아마도 밥과 김치와 나물 때문 아닐까요. 텃밭에서 갓 뽑은 배추를 씻어 갈치속젓과 함께 싸 먹는 날것의 즐거움이 아무리 크다 해도 사람만 할까요. 사람 때문일 겝니다.

갑자기 제가 살던 전셋집을 리모델링해서 주인이 들어온다고 했어요. 6년 가까이 살던 집인데 어떡하나 고심하고 있는데, 이장님이 이 동네에서 계속 살 생각이 있느냐고 물었습니다. 있으면 집을 좀 알아보겠다고. 그때 "나 죽을 때 내 옆에 있어" 달란 동네 언니들 얼굴이 지나가더군요. 어쩌면 우정과 환대에 가까운 그 무언가가 저를 붙들어 맨 것 같기도 하네요.

12년째 흙 가까이 살면서 혼잣말하는 시간이 많아졌

습니다. 농촌 구석구석 파고들어 온 이 첨단의 디지털 시대에 교환 대신 증여에 가까운 우정과 환대가 왜 존재하는가 대답 또한 찾아가는 중입니다. 자문자답하는 사이에 겐지의 마음이 수용되고 있습니다. 지나치게 계몽적이고 실천하기 어려운 측면이 없지는 않지만.

지난겨울 감나무 하나 사이 두고 사시는 김금례, 이영구 두 분 어머니가 집에 오셨습니다. 휴지와 함께 건넨 봉투 속에 2만 원씩 들어 있었죠. (그 돈 아까워서 아직도 못 쓰고 있습니다.)

이틀 후 싸락눈 살살 내리기 시작하는 오후 늦게 우정인 어머니가 언덕으로 올라오고 계셨습니다. 두루마리 휴지가 바닥에 끌렸어요. 살던 데서 백 걸음 이사했을 뿐인데 빙판길 녹길 기다리다 눈발이 날리자 또 며칠 후딱 가겠다 싶어서 퍼뜩 나섰다지요.

새벽부터 노란 콩 가마솥에 푹 삶다 잠 깨길 기다려 현관문 두드리던 어머니의 구부러진 손가락들도 여든여섯 살 나이와 함께 안으로 꼬부라졌겠습니다. 하루에 몇 마디 안 하고 뉘엿뉘엿 지는 입도 안으로 향했겠죠.

무논을 잠시 비껴간 학 그림자이거나 삐그시 부침개 접시를 내미는 흰 부추꽃 같은 묵음의 말입니다. 먹어 봐, 달지? 묽은 감 입에 넣어 주는 가만한 말입니다.

복지관에서 갖다주었다는 국수와 함께 두부 두 모 꼬옥 쥐어 주는 굽은 손이 하는 말은 학교가 가르친 훈육이 스며들지 않은 야생의 말이자 자본과 위계가 유통시킨 명령이 없는 말이죠. 잘 자랐네, 이쁘네. 왕고들빼기와 쇠비름, 개망초도 어루만지고, 삭아 가는 청국장 속 짚풀처럼 서로 엉겨 붙은 말들입니다. 때맞춰 마늘에 난 밭에서 올라온 푸른 말이고, 얼음 풀린 땅바닥에 올라온 냉이나 씀바귀 같은 말들입니다.

문맹의 언어는 흙과 닮았습니다. 시 안 쓰는 시인들의 말을 받아 적는 동안 저는 흙이 되고 문맹이 됩니다. 말한 게 다인 말이고, 나만 얻어먹고 되돌려주지 못한 듯싶은 미안한 말입니다. 저잣거리의 언어를 사러 다니는 장면이 나오는 타르코프스키의 영화가 지나갑니다. 일부러 단어를 찾아다닐 건강을 타고나지 못한 저는 사는 곳에서 그냥 시어를 주고받습니다. 평생 농사짓고 사는 분들과 이웃해 살며 김치니 동치미니 나물이니 사철

내내 얻어먹고 살면서, 저는 땅에 묻혀 있는 시, 미래의 씨앗들에게 질문합니다.

죽을 고비 몇 번 넘겨서 그런지 흙이 제 집 같고 집이 시를 쓰는 묘지 같기도 합니다. 단 백 년 동안 삭제되어 버린 십만 년 세월의 농경 사회의 유전자가 살아나 저도 모르게 지렁이처럼 꿈틀대며 몸으로 상형문자를 쓰는 느낌이랄까요. 저희는 문명이 아니라 대지의 자식이었 군요. 이제 막 말을 배운 아이처럼 더듬더듬 땅의 말들 에 기울어지고 있습니다.

마중물과
쉼표

.

      다 늦은 저녁에 창밖을 보니 긴 머리 S가 우리 마당 벽 너머에 앉아 있습니다. 고개 떨군 채 땅만 바라보고 있네요. 숙제를 마저 할까 나갈까 망설이는데, 벌써 손이 모자를 눌러쓰고 나갑니다. 몇 시간째 글 쓰느라 끌탕을 하고 있는데 마침 잘됐습니다. 내가 보이자 S가 일어서 나를 앞질러 평평골 쪽으로 성큼 걸어갑니다.

"공부방에서 오늘 …할매 영화 봤어…."

"무슨 할매라고?"

"기춘 할… 할머니가…."

"아, 계춘할망? 제주도서 할머니랑 사는 애 이야기?"

"아줌마가 귀가 좀 어두워서 끝말을 조금만 크게 해
주면 좋겠는데…."

S는 말없이 고개만 끄덕입니다.

"애들이 다 울…."

"슬펐어? 너도 울었어?"

"아뇨, 나는 안 울…."

S는 천안시에 있는 특수 중학교에 다닙니다. 남동생
은 더 특수한 시설에 다니죠. 기저귀도 갈아 주고 밥도
먹여 준대요. S의 엄마는 말을 잘 못합니다. 하긴 하는
데 상대가 잘 못 알아듣죠. S는 없는 게 많아요. 책상도
침대도 컴퓨터도 없고, 학교에도 공부방에도 친구도 없
다는군요. S랑 대화하는 건 선문답 같습니다. 침묵과 여
백이 더 많지요. 말을 꼭 다 알아들어야 하나요? 꼭 알아
듣게 말을 해야 하나요? 저는 몇 마디 안 하고 함께 걷는
이 시간이 좋습니다. 고요하니 생각이 흐르니까요. 말
보다 얼굴 표정이나 몸짓을 살피게 되니까요.

마중물이라는 게 있지요. 펌프질 할 때 한 바가지 미리 넣어, 저 깊은 곳에 있는 물을 마중 나가는 물 말입니다. 마중 가는 게 들어가는 것이라니요. 우리가 보통 마중이라고 하면 밖으로 나가는데 마중물은 속으로 들어가잖습니까. 한 존재가 한 존재를 만난다는 것은 저 보이지 않는 어딘가에 숨어 있는 물줄기를 불러내는 것 같아요. 어둠의 입구에라도 들어가지 않으면 속에 있는 그를 불러낼 수 없는 것 같아요. 그러나 나는 끝내 물 한 바가지 마중물일 뿐, 물줄기도 물의 원천도 아니겠지요. 타인의 내면에 대해서 우리가 얼마나 알고 있는 걸까요. 좋은 마음으로 돕겠다고 나선 말과 행동이 얼마나 상처를 덧칠하는 일이 되곤 하나요. 우리는 얼마나 자주 남을 자기 맘대로 판단하고 순위를 매기기도 하나요.

"혼났어, 선생님… 집에 일찍 갔다고."

"방과후 수업 안 했다고… "

"왜 안 하고 왔어?"

"배드… 아줌…."

"아줌마랑 같이 배드민턴 치고 싶어서?"

S가 웃습니다. 잘했어. 그래도 내가 혼나니까 가끔만

빠져라. 이 말은 S처럼 속으로만 합니다. S는 남이 못 듣는 속엣말을 얼마나 많이 간직하고 있을까요.

오늘날 대체로 우리는 사람의 얼굴을 보고 놀라지 않지요. 맨얼굴을 보이지도 바라보지도 않게 됐어요. 미리 타인에 대해 알고 있다고 생각하기 때문인 것 같아요. 내가 할 말 다 정해 놓고 하거나, 적절한 필요성에서 타인을 파악하죠.

S가 느닷없이 빵이 좋다고 말합니다. 빵 만드는 일이 재밌다고요. 그러면 선생님한테 말해서 빵 만드는 걸 배울 수 있는 고등학교에 가면 좋겠다고 했지요.

도시를 떠나 살게 된 12년 동안 저는 수많은 친구들의 속엣말을 듣게 되었습니다. 자주 어울릴 때도 듣지 못했던 아픈 이야기들이었죠. 별일 없어, 잘 지내, 그렇게 지나치곤 하던 거죽 0.1밀리미터 바로 밑에 크고 작은 상처들이 숨어 있었지요. 왜 살아야 하는가, 질문을 던질 수밖에 없는 순간들을 통과 중인 고백 속엔 상심과 실패와 좌절 같은 것들이 끈적끈적 묻어나곤 했습니다. 실패가 더 이상 특별한 누군가의 문제가 아닌 세상에서 우리는 더 이상 놀라지 않습니다. 체계적이고 조직적으로 도처에서 탈락자 혹은 실패자들을 양산하고 있으니까요.

"너무 몰아세우면 조준이 흐트러져서 빗나가기만 한다"는 궁도의 원리가 있다지요. 시에 대한 별다른 이론은 없지만 애써 유지하는 태도가 있다면 "너무 애쓰지마라"입니다. 시를 쓰다 길을 잃어버리는 경우가 있는데 대체로 너무 진을 빼고 있을 때였죠. 난관입니다. 오도 가도 못하는 구속에서 빨리 끝내려고 무조건 돌진하는 때, 문득 깨어 보면 제정신이 아닌 나를 발견합니다. 맨 정신으로 살기 어려운 세상이지만 제정신이 아니어서는 곤란하겠지요.

이럴 때 잠시 멈춰 다시 질문합니다. 언어라는 장벽에 갇힌 것 아닌가. 언어가 나를 부리고 있는 것 아닌가. 그때 저는 모든 걸 멈추고 땀 흘릴 만큼 일합니다. 제로가 될 때까지. 그럴 때 그 빈 공간에 무언가가 다시 차오르곤 하더군요. 그 묘한 공백을 공간 혹은 여백 만들기라고 생각해요. 저는 시가 조립품이 되어 실려 가는 컨베이어 벨트를 잠시 멈추는 쉼표가 되기를 진정으로 바랍니다.

제 글이 쉬는 공간을 만들기를 바라긴 하지만 종이를 아끼기 위해 (독해를 방해하지 않는 한) 산문시 행으로 배열하곤 합니다. 한 행 혹은 두 행 정도로 한 면을 차지하는 것을 막으려고 꼭 필요하지 않으면 몇 행 정도 덜어 내기도 하죠. 시집 한 권 내면서 아낀 종이 숫자를 세기도 합니다. 다시 묻습니다. 이 글을 발표할 가치가 있을까. 시인이란 게 그렇게 소심하고 쪼잔한 존재들입니다. 한 걸음 떨어져서 보면 웃음이 나옵니다.

설명하지 않지만 진정으로 소통되길 빌며 다시 들여다보죠. 틈새 만들기에는 생략도 포함됩니다. 분명한 결론으로 끌려가는 긴장 대신 다른 사람들이 생각할 수 있는 여지를 주고 싶어서죠. 저도 뭐라 단정할 수 없는 모호함을 상대에게도 허락하고 싶기도 합니다. 뭔지 잘 모르겠어서 찬찬히 살펴보고 탐구해 보게 되는 때가 의외의 깨달음을 선사하고 새로운 지평을 열어 주는 때도 간혹 있습니다.

봄여름가을 집도 없이 짚으로 이엉 엮은

초분 옆에 살던 버버리, 말이라곤 어버버버버밖에
모르던 그 여자는

동네 초상이 나면 귀신같이 알고 와서 곡했네

옷 한 벌 얻어 입고 때 되면 밥 얻어먹고 내내 울었네

덕지덕지 껴입은 품에서 서리서리 풀려나오는 구
음이 조등을 적셨네

뜻은 알 길 없었지만 으어어 어으으 노래하는 동
안은

떼 지어 뒤쫓아 다니던 아이들 돌팔매도 멈췄네

어딜 보는지 종잡을 수 없는 사팔뜨기 같은 눈에서

눈물 떨어지는 동안은 짚으로 둘둘 만 어린아이

풀무덤이 생기면 관도 없는 주검 곁 아주 살았네

으어어 버버버 토닥토닥 아기 재우는 듯 무덤가에 핀

고사리 삐비꽃 억새 철 따라 꽃무덤 장식했네

살아서 죽음과 포개진 그 여잔 꽃 바치러 왔네 세
상에

노래하러 왔네 맞으러 왔네 대신 울어주러 왔네

어느 해 흰 눈 속에 파묻힌

　　　　　　　　　　　　— 김해자, 「버버리 곡꾼」 전문

이 시를 쓸 때 너무 많은 장면과 언어들이 한꺼번에 튀어 올라 사방이 막히고 앞뒤가 꽉 막혀 오도 가도 못하는 경험을 했어요. 이 시가 머리에 뱅뱅 도는 동안 사흘간 술을 벗 삼았지요. 처음엔 그 여자 모습과 나의 감정이 겹쳐지는 찰나들이 계속 이어져 장시나 서사시가 되는 듯했어요. 정신 차리고 보니 제가 대상을 바라보는 느낌은 생략해도 상관없는 일이었어요. 영화처럼 보여 주기만 하면 되었죠. 제 감정과 생각은 지우고 대상만 돋을새김하자 그제서야 음악이 흘렀고, 그 여자를 듣는 제 눈에서 눈물이 흘러나왔습니다. 저는 그를 기억하고 기록한 사람일 뿐, 시인은 '버버리 곡꾼'이더군요. 그녀는 저이기도 하고 그녀 자신이기도 했어요.

섣부른 감정을 투사하기보다 객관적 거리를 유지하는 편이 훨씬 어렵다는 걸 그때 깨닫게 되었습니다. 그걸 미적 거리라 부르기도 하던데, 진실의 거리라고도 말할 수 있겠단 생각이 듭니다. 영원이나 영혼의 관점에선 진실 아닌 아름다움은 존재하지 않으니까요.

S와 함께 걸으며 생각합니다. 꽃 보고 흙 속에 박힌

작은 돌멩이를 보고 나뭇가지 사이에 핀 하늘과 물가에 내려앉은 구름도 보고 새소리도 듣습니다. 비구름이 커지고 있네요. 서로 다른 데를 보고 들으며 걷다 둘이 동시에 멈춰서 가만히 웃기도 합니다. 시적 순간입니다. 내 안의 판단과 소음이 멈춘 시적 순간은 시의 어머니입니다.

습기를 머금은 바람이 나뭇가지를 흔듭니다. 시란 우리 속에 들어오는 타자의 웅얼거리는 소리를 듣고 그의 얼굴을 바라보는 일이 아닐까 생각하는 사이, 팔뚝에 비구름이 묻어납니다. 비탄도 동정도 판단도 하지 않은 채 그냥 이해하는 일이 세상에서 가장 어렵지 않겠나, 속으로 묻다 S에게 보이지도 않는 바람을 가리키자 S가 방향을 돌립니다. 더불어 잘 살고자 하는 꿈은 어울리고 부대끼는 것만으로 도달하지 못한다는 것 또한 압니다. 그럴 땐 침묵하려 합니다. 빗방울이 떨어집니다. 말을 들어 주지 않아서 이제 말을 하지 않게 된 누군가들이 얼마나 많을까 생각하는 사이 메마른 논에 단비가 쏟아지고 있습니다.

오늘 하늘은 생명을 실시간으로 배달하는 우편배달

부 같습니다. 하늘에서 뻗어 내린 빗줄기와 땅에서 솟아난 나무줄기가 만나 음악이 되는 시간입니다. 부딪치며 방울이 되는 비와 젖어 빛나는 돌이 만나고 있습니다. 몸과 몸이 부딪친 사이에서 무언가가 만들어졌습니다. 소리, 파문, 무늬 같은 것들이 말이지요. 만남과 주고받음은 의도하지 않는 산물을 만들어 내 세상 누군가의 손을 잡아 주는 일이 되기도 하겠지요.

　오늘날 우리는 진정으로 누군가의 얼굴을 바라보기 힘들어졌습니다. 물리적인 대면이 진정한 대화로 이어졌으면 참 좋겠습니다. 충분히 타자와 거리를 두면서도 진정한 친교가 되는 만남만이 진실로 서로의 마중물이 될 수 있으니까요.

동거

마감이 내일인데 원고에 마침표를 찍기 참 어렵습니다. 빨리 해치워 버리자는 심정으로 앉아 있는 저를 발견하고는 멈춥니다. 진력이 나서 바람 쐬러 밭에 나갔습니다. 잠깐 바람만 쐰다는 게 한 시간을 넘기고 말았습니다. 흙이라는 게 마약 같습니다. 잠시가 한참이 되기 일쑤예요.

동네 언니가 지난봄 한번 심어 보라고 설탕풀 모종 두 그루를 주어서 상추와 치커리 사이에 심었는데요, 여름내 따서 쌈을 싸 먹었는데 무성합니다. 뿌리가 줄기를 잡고 줄기가 꽃과 잎을 놔 버리지 않고 있네요. 10월 중순 이른 서리를 된통 맞고 난 지 일주일이 지났는데요. 고추꽃을 닮은 듯 하얗게 앙증맞은 꽃들을 수천 송이 달고 있습니다. 그야말로 호시절입니다. 며칠 후면 다시 영하로 떨어지는데 어떡하나. 설탕풀에게 양해를 구했습니다. 올해 참 고마웠다고, 그리고 아름다웠다고, 내년에 또 만나자고. 줄기를 끊고 가지를 잘라 손으로 쭉쭉 찢는데도 사탕풀은 군말이 없습니다. 잎과 꽃을 자른 다음 씻어서 볕에 말려 두고 들어왔습니다.

밭에 나가 있으면 힘들면서도 묘한 희열이 느껴집니다. 저도 모르는 사이 기쁨이 차오르면서 대지의 몸과 일체가 되는 순간들을 경험하곤 해요. 삼매경에 빠진 듯 마감 원고도 돈도 껄끄러운 인간사도 잠시 사라지더군요. 라캉이 그랬던가요. "대지의 열락은 곧 여성의 열락"이라고. 여성의 신체가 온몸으로 타자를 허용하고 받아들일 때 발생하는 우주적 열락이라고. 우주적 희열까지는 모르겠지만 내 이성으로 이어 붙이던 생각들, 즉 에고가 만들어 낸 상상계의 온갖 번뇌들은 뭉텅 사라지긴

합니다.

인간이 과연 타자에게 얼마나 순수하게 줄 수 있을까, 그게 요새 제 화두입니다. 이만큼 주니까 받고 받았으니까 저만큼 주는 거래 말고, 순수하게 주는 것 말입니다. 물이 작물에게 이만큼 너를 적셔 주었다 하지 않는 것처럼 찌꺼기 없는 증여 말이지요. 지구 생태계의 멸절을 자주 떠올리게 되는 코로나 시대에, 나카자와 신이치라는 일본 학자의 『대칭성 인류학』 시리즈가 도움이 되었습니다. 그는 『사랑과 경제의 로고스』라는 책에서 흙과 여성을 겹쳐서 생각함으로써 오늘날 극한에 이른 자본주의의 비대칭성을 넘어서고자 합니다. 수천 년 역사에서 세계적 규모로 농업이 해체된 시대로 기록될 것이라는 20세기를 넘어, 이제 대지의 착취가 극에 달한 21세기를 넘어서는 사유의 방식들로서 말이죠.

라캉의 마음 이론을 빌어 신이치는 말하더군요. 갓 태어난 유아와 어머니의 신체와의 관계를 토대로 형성되는 상상계가 증여의 방식이라면(이미지), 아이가 자라 말을 배움으로써 거세되고 사회화된 자신을 형성하는 상징계가 교환의 세계라는 겁니다. 그렇다면 화폐로 환산되는 교환계의 세상 밑바닥에는 무엇이 있는가. 모든 것이 '물'(物)로서 행동하는 곳으로(물 자체), 마음의 유물적인 층인 현실계, 즉 순수증여의 세계가 떠받치고 있다는 겁니다. 어디 대학 나오고 아파트 값 얼마 오른다 하여 실제적으로 뭔가가 증가한 것도 아니고 충만과 기쁨을 지속시켜 주는 것도 아닌데 우리들은 왜 기호나 언어나 숫자 같은 상징계에 목숨 걸며 살게 된 걸까요. 정작 우리를 떠받치고 있는 대지와 자연의 무상증여도 잊을 만큼 말입니다.

추석 갓 지나 산에 갔다가 샛길을 발견하고 숲속으로 한참을 들어가 밤을 줍다가 다른 시간대 속으로 들어가고 말았죠. 저는 무릉도원이라는 게 이런 의미 아닐까 생각했습니다. 신이치가 모아 전해 준 전통 사회의 신화 속에서 사람이나 동물이나 속은 같습니다. 사냥 나간 인디언 청년이 길을 잃고 헤매다 젊은 여자를 만나 따라갔는데 절벽 끝에 굴이 있더랍니다. 여자가 동굴 앞에 걸린 털가죽을 걸치더니 염소가 되더랍니다. 청년도 당연히 따라했겠죠. 둘 다 염소가 되어 동굴 속으로 들어가니 수백 마리 염소들이 형제자매가 왔다고 반기더랍니다. 청년은 암염소와 부부가 되어 잘 살다 때가 되어 털가죽을 벗고 인간 세계로 돌아옵니다. 암염소였던 여자는 동굴 밖까지 따라 나와 사람의 마을로 가는 길을 가르쳐 주며 남편이었던 청년에게 간곡히 말합니다. 인간들도 먹고살아야 하니, 남자 어른이나 처남은 괜찮지만 아기 염소와 임신한 염소는 절대 잡지 말아 달라고. 모두 당신 자식이자 부인이니까. 염소는 발정기에 무리의 모든 암컷과 관계를 맺으니 정말로 모두 자식이자 부인인 셈이죠. 멀어 봐야 외삼촌, 이종사촌, 처남 등 친척인 셈입니다.

숲에서 상상해 봅니다. 도토리와 밤을 내내 키워 땅에 떨궈 버리는 참나무와 밤나무의 마음은 어떨까 하고요. 뿌리가 파고들어 양분을 다 먹어 버려도 밀쳐 내지 않은 흙은 또 어떤 마음일까요. 땅콩을 키우고 캐서 씻어 말려 자식들, 형제, 이웃들 다 나눠 먹는(시골에서는 '농가 먹는다'고 표현합니다) 농부는 무슨 마음일까요. 농사지어 봐야 일 년에 오백만 원인데, 단지 그 돈 때문에 올해도 다시 농사를 짓는 것은 아닐 겁니다. 제가 살핀 바로는 농민들이 돈 벌고 자식에게 주려고만 농사짓지는 않더군요. 어쩌면 흙과 살아온 시간들 덕분이 아닐까 짐작할 뿐입니다. 어려운 말로 물 자체, 순수증여 세계에 발을 담그고 살아온 세월 말입니다. 흙에 대한 각별한 태도도 다시 보게 됩니다. 그분들에게 평생 거저 얻어먹고 살았다는 사실이 새삼스레 사무치게 다가옵니다.

저는 가끔 자본주의의 교환 방식과 전혀 다른 이상한 자연의 계산법에 놀랄 때가 많습니다. 농사지으면서 대지와 순수하게 주고받는 관계를 많이 맺을수록 인간에게도 순수하게 주고받는 관계가 성립할 겁니다. 경외와 신비를 동반하는 그 마음은 자연 그 자체, 즉 신의 마음이 아닐까 짐작할 뿐입니다.

지난봄 처음 보는 싹이 퇴비더미 속에서 삐죽이 올라오고 있었죠. 쭈그려 앉아 자세히 살펴보니 길다랗고 푸른 잎 몇 장이 줄기를 꽉 물고 있고요, 나무라기엔 너무나 연약한 줄기가 글쎄, 아몬드 씨앗 하나를 꽉 물고 있었어요. 세로로 골이 패인 아몬드 입에서 나온 말간 뿌리에 흙 몇 알갱이가 물려 있었고요. 온전히 내맡기고 있었습니다. 아기가 젖을 빨고 있는 것처럼. 그 조그만 아몬드 한 알이 봄 여름 지나면서 저보다 커져서 이 가을 저를 내려다보고 있습니다. 저도 아몬드나무처럼 대지와 물과 빛과 숨결과 사람과 온갖 생명체가 젖을 물려주어, 여기 서서 아몬드나무를 바라보고 있습니다. 이것이 기적이 아니라면 뭐겠습니까.

제가 희열을 느끼는 것은 젖을 빠는 아이(상상계)가 대지라는 현실계(물질계)와 교차하는 곳에서 발생합니다. 제가 원할 때 젖이 입으로 들어온다고 착각하고 사는 이미지로 이루어져 있는 상상계 속의 아기는 대지에 어떤 부정성도 개입시키지 않습니다. 대지라는 현실계로부터 솟아 나오는 힘을 괴롭히거나 악용할 줄도 모르죠. 다만 어미의 젖을 가끔 꽉 깨무는 정도에 머뭅니다. 상대방을 있는 그대로 받아들여서 끌어안습니다. 흙과 아몬드나무의 관계는 제 손에 들린 호미와 흙의 관계와 마찬가지입니다. 기쁨과 열락은 대지라는 신체 위에서 온전히 자신을 열어젖힐 때 생기는 것 같습니다. 그것이 순생산이자 순수증여이겠지요.

다 된 저녁에 백년초 선인장에 붙어 사는 풀을 뽑다 깻잎을 발견하고 잠깐 망설였습니다. 자연스레 날아온 들깨 씨앗들이 가시투성이 백년초 옆에 떡하니 자리 잡고 있었던 것입니다. 햇빛을 가리니 뽑을까 말까 망설이다 그냥 두기로 했습니다. 그깟 깻잎 몇 장 자라 햇빛을 가린다고 이 백년초가 죽을 리는 없다는 믿음 때문이었습니다. 사실 이 선인장도 백년초라는 이름에 걸맞지 않게 몇 번 죽을 고비를 넘고 살아나 여기까지 이른 것입니다. 백년초와 깻잎은 동거하는 거라고 생각하기로 합니다.

나도 잠시 이 지구상에서 동거하다 갈 겁니다. 기왕이면 동거하는 동안 서로 어루만지며 나누며 살다 가고 싶습니다. 그런 세상을 노래하고 싶습니다. 거의 회복되지 않을 만큼 인간이 망가뜨린 지구 한 모퉁이에서 저는 잠시 쉬어 가는 중인지도 모릅니다. 인간만이 지닌 자의식, 즉 에고에 지친 정신과 육체를 흙에 묻고 그를 닮아 가려고 애쓰는지도 모릅니다. 그것은 우리가 모두 나누어 가진 내면의 윤리이자 하나됨의 은총인지 모르겠습니다.

제게 시는 흙에 내맡긴 초목의 수액과 닮았습니다. 소멸이라는 브레이크와 삶이라는 액셀 사이, 하늘과 땅을 잇는 돛단배가 출렁거립니다. 희디흰 한 필의 옥양목에서 한없이 풀려 나오는 노래를 달고 노래가 스미지 못하는 사막을 건너갑니다. 더 이상 원초의 상태로 남아 있지 않은 바다, 천공에 떠 있는 지구라는 배는 이미 난파되는 중입니다. 몇 조각 남은 널빤지 위에 올라서서 저는 가까스로 노래를 부릅니다. 오늘 노래는 액체로 흐르고 아직 부를 노래가 남아, 모음뿐인 노래가 흘러 나옵니다. 여러 해 죽을 고비를 넘고 농담처럼 살아남은 저는 신의 음식, 신음을 달게 들이킵니다. 농담처럼.

살아서
하늘을 만났으니

수술실에 실려가자 냉동실 같았어요. 이
동식 침대에 뉘어져 오들오들 떠는데 의사 같아 보이는
젊은이가 내 입을 벌리더니 이 갯수를 세더군요.

"○○개인지 아세요?"

"몰라요."

"○○개입니다. 그런데 하나, 아니 두 개가 흔들리는
데 아셨어요?"

"몰라요."

"마취 풀려 깨어날 때 이 호흡기를 세게 깨물면 흔들리던 이가 빠질 수도 있어요."

인생이 사소한 농담의 연속인 듯싶었어요. 마취로 못 깨어날 수 있다면서, 한가하게 이빨 타령이라니. 이 와중에 설마 깨진 이빨 변상하라고 할까. 매뉴얼대로 체크하고 알려 주는 젊은이가 애처롭게도 여겨졌습니다. 수술실 천장만이 이 세상이 아닌 것처럼 뜬구름으로 환하게 빛나고 있었죠. 마취제 하나 맞았을 뿐인데 내가 없어졌어요. 시간이 뭉텅 사라졌죠.

깨어나긴 했는데 수술 부위와 상관없는 부위들이 반란을 일으키기 시작했습니다. 머리 통증과 함께 혈압이 극심하게 올라가면서 심장이 밖으로 튀어나올 것처럼 급박하게 뛰었어요. 혈압강하제와 진통제를 써도 내려가지 않자, 전 요주의 환자가 되고 말았습니다. 간호사가 한 시간마다 와서 재더니 30분으로 당겨졌습니다. 절대 안정을 취하셔야 해요. 누워 계시라니까요. 더더욱 말 안 듣는 문제 환자가 되어 버렸죠. 심장 박동이 위협적으로 느껴져 누울 수 없다는 사정은 말할 수 없었습니다.

링거줄 줄줄이 매단 채 오십 명이 넘게 입원해 있는 12층 복도를 몰래 걸었어요. 이름도 인공스러운 인공지능병원 12층 복도 창밖에 비가 오고 있었죠. 빨간 신호등 앞에 서 있는 젖은 오토바이와 차들이 듬성듬성 저세상 같았습니다. 앉을 수도 누울 수도 없는, 거세게 심장이 펌프질하는 시간, 180mmHg 넘어 압을 올려 가는 초침 소리, 신음처럼 입에서 묘비명 같은 시가 흘러나왔습니다.

탄생과 죽음 사이 무엇이 있을까요. 냉장고에서 떨어진 유리그릇이 찍은 새끼발톱 위 상처보다 짧은 줄 하나. 묘비가 있다면 새겨질 1센티미터도 안 되는 가느다란 선. 불안과 공황에 가까운 심리 상태로 유리창을 보고 있으니 얼마 전 고층에서 떨어져 죽은 선배 시인이 어른거렸습니다. 공치는 날투성이인 공사판에서 평생 일하던 선배였죠. 허리를 다쳐 일도 못 하고 요양병원에 들어 있었죠. 어쩌면 스스로 떨어질 수도 있겠다 싶었죠. '스스로'라는 게 모두 다 자기 결단은 아니니까요.

삶과 죽음 사이의 1센티미터에 서 있던 문제 환자는 간호사한테 걸려서 강제로 침대로 옮겨졌죠. 자포자기

한 채 눈을 감고 심장과 배에 가만히 손을 얹고 심호흡만 했습니다. 다른 것을 할 게 없었기에. 문득 불빛이 환해지는가 싶더니 분명 내 손인 듯한데 나보다 훨씬 크고 밝은 손이 뜨거운 열을 내뿜었어요. 그 손은 서너 차례 이동하면서 빛을 내뿜는 용광로가 되어 갔죠. 정신이 아득해지고 황홀하기도 해서 눈을 뜰 수가 없었고요, 뱃속이 뜨거워졌습니다. 수면제로도 못 자던 잠을 잠시 잠깐 동안 잔 것도 같습니다.

쪼개고 분석하지 않아도 알 것만 같았죠. 빛을 이해하지 못해도 모두가 빛 속에서 빛 덕에 살아 있듯이, 생명이라는 것, 제 안에 숨어 있는, 내 밖에 무한히 그물쳐 있는 연결 고리를. 누가 평생 쉬지 않고 호흡을 했을까요. 누가 쉬지 않고 심장을 펌프질했나요. 누가 절 여기까지 데려왔을까요. 제가 저를 장례시킨 무명의 시간이었습니다. 정작 중요한 것은 제가 아무것도 모른다는 걸 뼈아프게 느꼈어요. 저는 지워져 가고 무지와 어둠이 저를 탄생시키고 있었습니다.

시간이 얼마나 지났는지 몰라요. 간호사가 어깨를 흔들었습니다. 혈압기를 대더니 활짝 웃었죠. 아, 확 내려

갔네요. 안도의 한숨처럼 무언가가 울컥 흘러나왔습니다. 용서하세요. 너무 적은 것에 대하여 너무 많은 속엣말을 했습니다, 저에 대해. 너무 못했습니다, 제 안에 이미 들어와 있는 수많은 존재들에 대해.

비 한소끔 뿌리고 간 오후, 호미처럼 엎드려 땅을 팠습니다. 언제 죽음의 문턱을 밟았냐는 듯이. 그 사이 풀도 흙을 파고 올라왔죠. 지렁이도 날씬하게 흙을 파고 있었어요. 담장 너머에서 웃음소리가 들렸습니다. 마을 회관이 문을 닫으니 참새 방앗간이 옮겨 다닙니다. 오늘은 우정인 어매 집 앞에 방앗간을 들였나 봅니다. 쟈는 맨날 엎드려 풀 농사만 짓는가벼, 흉허물도 얹어 가며, 박자 맞춰 공중에 웃음소리가 울려퍼집니다. 세상에 없었고, 한때 젖먹이였고, 어느 한때 정인아, 인자야, 대열아, 승분아, 영자야, 영구야, 금례야, 부르면 부리나케 집으로 뛰어 들어갔을 소녀들 웃음소리가.

내가 아플 때 토란 둥둥 떠 있는 육개장과 찰밥과 갓 담은 김치며 나물 들고 문을 두드리던, 손가락 구부러진 어매들도 나도 한갓 위대한 풀이었습니다. 저마다 팔랑

거리며 반짝거리는 나무 한 그루에 돋은 빙빙 도는 이파리였어요. 과거도 현재도 진행형인 인류, Being Being Human Being, 멀어졌다 가까워졌다 곡조가 들려왔습니다. 빙, 빙, 빙…. 침묵으로 가득한 무한 공간과 패인 흙이 갓 눈 뜬 씨눈들과 굽은 발가락들을 감싸 안고 있었죠.

이 밭에서 십 리쯤 걸어가면 6. 25 때 저수지 옆 구릉에 태워져 버린 70년 전 사람들이 구리비녀와 은비녀와 작은 뼈로 6. 25의 뼈아픈 날들을 증거하고 있습니다. 저 어매들의 언니이자 이웃이자 당숙 고모들이. 어울려 흙 파고 품앗이하며 함께 울고 웃던 전근대 사람들이. 속은 뻥 뚫려 있는 아주 작은 부분에 불과한 지구 표면, 흙과 물에 기대어 하늘 우러르며 대지에 엎드려 살던 우리의 이웃이자 인류의 한 구성원들이.

한밤중 내가 신음할 때, 물 적신 손수건 갈아 가며 입에 물려 주고 이마를 짚어 보며, 새어 나오려는 근심 감추고 웃어 준 사람은 나보다 가난한 사람이었습니다. 내가 쫓길 때 거두어 주고 재워 준 사람들은 별 볼일 없는 사람들이었죠. 내가 허기질 때 먹여 준 사람들은 법전이나 성경이나 전집 같은 두꺼운 책 안 읽는 사람이었어요. 잔돈푼 주고받는 그들이 내게 슈퍼맨이었죠. 대지와 이웃과 우정은 나의 상전, 그들의 손과 발이 기도이고 책이자 하늘이고 밥이자 시였습니다.

1894년, 갑오년 농민들 깃발처럼 하루가 다르게 묘목이 솟구치고 있습니다. 오늘 아침 장독 위에 놓여 있었습니다, 숲에서 자라는 고추나무 잎과 엄나무 새순과 오가피와 가죽나무 새순들이. 누가 두고 갔는지 모르겠어요. 제가 모르는 하늘들이 저 흙 속에 숨은 씨알만큼 많겠습니다. 살아서 하늘을 만났으니 다 이루었습니다. 저는 제 안에 깃든 인류를 내쉬고 내 밖에 무한히 펼쳐진 생명체들을 들이마시며 살다 가겠습니다. 미옥이, 미혜, 해경이, 현미, 미순이, 미희, 미숙이, 선희라는 고유명사들과 함께. 멸종과 멸절이 멀지 않다 해도 저는 한낱 인간, 어디로 날아갈 필요가 없습니다. 저는 한낱 위대한 평민, 인간으로 살다 인간으로서 돌아갈 것입니다.

2 부

✳

환하고 맛있고 즐거울 겁니다

텃밭
공화국에서

전화로 어떻게 지내냐는 안부를 들으면 몇 초 머리가 멍해집니다. 근황을 물으면 내가 뭘 하고 있지, 잠시 생각하다가 답이 아주 단순해집니다. 말하자면 그냥 하루하루 사는 게 제 근황인 셈이죠. 밥 먹고 글 쓰고 밭에 나가고 이웃 만나고 아주 단조롭게 산달까요. 크게 아프고 나서 그야말로 일상적 인간이 되어 버렸습니다. 하루 밥 맛있게 잘 챙겨 먹고 잠 잘 자고 머리 안 아프면 일단 괜찮다 싶어요. 이렇게 꿈이 아주 소박해져 버렸습니다. 사이사이 수첩에 한 줄 끼적여 가며 화두 삼아 궁글려 보다 글 좀 쓸 수 있으면 감사하고요.

큰 수술 몇 번 하고 죽을 고비도 넘기니까 큰일로 여겨지던 것들도 아무것도 아니게 됐습니다. 수술하고 되레 병이 악화되거나 다른 문제가 생기는 경우가 제법 있지 않습니까. 제가 그런 경우죠. 암 수술 후 신경에 문제가 생겨서 최근 2년간은 암은 신경도 못 쓰고 머리를 안정시키는 데만 집중해 오고 있어요. 일종의 신경 교란이랄까요. 정신적인 우울감 혹은 불안감이랄까 하는 것들 때문에, 내 맘대로 오늘은 이것 하고 내일은 저것 하고 하는 계획을 세운다는 게 약간 불가능합니다. 투병이라고들 표현하는데 통증과의 동거라는 편이 맞겠네요. 내통증, 혹은 나와 연관된 사람들의 아픔, 코로나까지 포함해서 말입니다. 그런데 그게 만약 혹이라면 제거해 버린다는 게 불가능하고 비효율적인 방법이라는 생각도 이제 듭니다.

아픈 것, 불편한 것, 알 수 없는 어떤 증상들은 더 큰 기미를 알려 주는 안테나 같은 거 아닐까요. 우리가 이만큼이다, 우리가 사는 세상과 관계들이 이 정도다 말해 주는 표지 같은 거요. 병과의 동거에서 얻는 것도 제법 쏠쏠합니다. 돌아보니 건강하고 활기 있을 때에도 제 의도대로 살지 못했다는 걸 알게 됐어요. 뭔가 큰일도 그렇지만, 일상의 아주 소소한 것도 인연 따라 이뤄진 거였달까요. 세계가 잴 수 없이 거대한 타일벽이라면 저는 그중 한 조각이었달까요. 제가 그리 쪼잔한 사람이었구나 깨닫게도 됐고, 이렇게 울화가 많고 참을성 없는 사람이었구나, 뭐 그런 것들도 느껴 가고 있죠. 멜랑콜리해진 상태에서 자의식은 스스로를 아주 형편없는 사람 아닌가 판단을 해 버리곤 하잖아요. 뭔가 잘못 산 것 같기도 하고요.

다시 생각해 봅니다. 기후재앙이라는 말이 현실로 구현되고 있는데 어찌 그 환경에서 사는 인간들이 자유롭고 평화로울 수 있겠습니까. 지구가 몸살을 앓는데 내가 어찌 건강할 수 있기를 바라겠습니까.

생각을 바꾸는 데는 육체노동만큼 효과적인 방편도 없습니다. 생각이란 것은 자주 뇌에서 변비를 일으킵니다. 장화 신고 텃밭으로 나갑니다. 봄기운이 돌기 시작하자 알아서들 수선화와 상사화 꽃대가 올라오고 작은 풀들이 "나 여기 있었어" 하듯 고개들을 내밉니다. 양파 잎은 축축 늘어지고 마늘대는 꼿꼿해지고 명아주와 심지도 않은 깻잎마저 무성하니 죽은 송장도 일어나 일해야 한다는 바쁜 봄입니다.

둘러보니 밭 가장자리에 지난겨울 몇 포기 남겨 둔 배추 가운데에 가지가 생겼네요. 가지라 부르기엔 부드러운 배춧대에 꽃이 피고 꽃마다 씨알의 집을 지었네요. 그러니까 꽃은 씨알의 집이었군요. 솟구쳐 오르는 것보다, 옆으로 퍼져 나가는 것보다 노란 배추꽃이 꿈꾸던 것은 바로 이 열매였나 싶네요. 그 추운 겨울 살아남아 기어이 꽃과 열매를 맺는 배추여, 모든 생명의 마지막 의지처는 대지가 품은 씨알이었구나.

텃밭에 나앉아 고개를 끄덕입니다. 저를 가장 힘들게 한 것도 '나'라는 그 작은 한 톨, 씨알의 명령이었다고. 또한 힘겨운 순간들을 버티게 한 것도 정체를 알 수 없는 내 안의 명령이었다고. 이 순간 내게 가장 소중한 것은 깨어서 고요히 너를 보는 것, 혹한을 보내고 꽃과 열매를 달고서도 나긋나긋 흔들리는 짙노란 네 향기를 맡는 것, 작고 여린 너처럼 엄살떨지 않고 내가 피울 수 있는 씨알을 맺어 대지에 흩뿌려 버리는 것, 내 손에 지닌 물병을 맘 놓고 부어 버리는 것이구나.

산 가까이 살면서부터 일찍 깹니다. 할 말 많은 참새들이 잠을 깨우기 때문이죠. 저는 비몽사몽 중에 묻습니다. 중구난방 회합장이 된 이 집 지붕은 누구 것인가. 하품을 늘어지게 하며 잠깐 물어보는 사이에도 새들은 날아오고 날아갑니다. 이 집 한 뙈기 텃밭이 무료 급식소인가 봐요. 바로 옆집 굴뚝에 세 사는 박새들이 내려와 종종 끼니를 때우고 날아갑니다. 때로 까치가 우아하게 거닐다 가끔씩 입맞춤해도 잔디들은 군말이 없네요.

지난겨울을 잘 견딘 황금조팝 겨드랑이에서 팥알만한 잎들이 올라오고 있습니다. 지난겨울을 잘 견디었을 뿐만 아니라, 차가운 흙 속에서 꼼지락대며 자신이 할 일을 다 했다는 게지요. 마늘은 위로 감자는 옆으로 푸른 깃발들을 세웁니다. 납작 엎드려 한파를 견디던 잔디도 옆으로 손을 뻗습니다. 지도자의 진군 나팔 소리 없어도 알아서 잘들 기어갑니다. 횡렬 종대로 어깨 걸고 침울한 기분을 떨치려는 듯 부추가 허리에 힘을 줍니다. 광막한 자연의 거주지, 텃밭 공화국엔 형형색색의 깃발들이 진동하네요. 인민들이 기지개를 켭니다. 지렁이도 나비도 말없이 대화하는 자유민주주의 공화국입니다.

산쪽에 붙은 텃밭에서 가만히 서 있는데 붉고 노란 꽃들이 두세두세 산비얄을 내려옵니다. 맹대열 씨와 임영자 씨가 이른 아침 산에 갔다 오나 봅니다.

"뭐해?"

"보다시피."

"땅이 워낙 넓어서 할 일이 많네."

"그러게요. 땅이 3만 평이나 되니 아침부터 나와 있네요."

"3만 평이 뭐유? 3만 천 평은 되겠구먼유."

내가 선 텃밭이 순간 천 배로 뻥튀기가 되고 있습니다. 광막한 자연의 거주지, 이 30여 평의 지구는 넓습니다. 이곳에서 셀 수 없는 생명들이 알아서 솟구치고 자라다, 때 되면 알아서 사라집니다. 작은 텃밭에서도 이리 볼거리가 많으니 내년엔 어찌할지 모르겠습니다.

얼마 전에 이장님이 저 아래 사래 긴 밭 몇 고랑에 작물 좀 키워 보라 하셨거든요. 벌써부터 뭘 심을까, 그림들이 좍좍 지나갑니다. 내년 땅지도에 도라지와 더덕이 자라고 감자꽃이 피고 호박과 고구마가 넌출넌출 자라는 게 보이는 듯합니다. 서로 섞여 퍼지는 향내와 공중에 퍼지는 대화들을 엿듣습니다.

"우서 죽겠어."

키득대며 주고받는 소리의 임자들도 피고 지는 풀 같습니다. 연푸른 혀가 공중에서 오고 가는 중에 산에서 방금 딴 싸리순과 산고추나물, 산달래 향 몇 덩거리가 텃밭 공화국에 부려집니다. 덜퍽진 비닐 봉다리와 내 손 사이에 눈애리게 꽉 찬 허공이 보였습니다. 제 이름으로 땅 한 뙈기 소유하지 않아서 사시사철 산은 보살들 것인가 봅니다.

청소해 주고
밥해 주고
머리 감겨 주고

내 아픔이 치유되자 그의 아픔이 보이기 시작한다

— 김길녀, 「반성」 전문

이사를 앞두고 이사 갈 집에 친구가 찾아왔습니다.
간만에 쉬는 날이랍니다. 오지 말고 이날 하루만이라
도 쉬어라, 아무리 말해도 웃으며 갈게, 했습니다. 남편
과 함께 온갖 청소 도구들을 잔뜩 챙겨 온 친구는 오자
마자 장갑 끼고 화장실로 들어가더니 유리창 새 낀 묵은

때를 송곳으로 쑤셔 가며 닦아 냈습니다. 천장과 바닥의 찌든 때도 말끔히 닦아 냈죠. 친구 손이 지나간 자리마다 반짝반짝 윤이 납니다. 친구 남편은 도배한 벽에 농약 치듯 광촉매 비슷한 것을 뿌렸습니다. 내게 수술 전과가 있으니 머리에 안 좋은 환경 유해 물질을 차단한다 했습니다. 싱크대까지 열어 젖히고 열심히도 뿌렸습니다. 아직 팔 하나를 잘 못 쓰는 저는 미안해서 자꾸 화장실을 열어 보았습니다.

친구는 늘 웃으며 말하곤 했습니다. 청소 용역 일 재밌다고, 돈을 갈쿠리로 쓴다고, 잘 살고 있다고…. 그런가 보다 했는데, 막상 눈앞에서 보니 이렇게 고생하며 벌어먹고 사는구나 싶었습니다. 봄에도 이렇게 땀 흘리는데 한여름엔 어떨까 마음이 짠했습니다. 이렇게 번 돈으로 킹크랩을 사서 삶아 왔구나 싶었습니다. 이렇게 바쁜 중에 짜투리 시간 내서 한 통 가득 김치를 싸 들고 왔었구나.

친구는 8백만 원에 8만 원짜리 임대 아파트에 살았죠. 늦둥이 아이가 물건들을 늘어놓으면 발 디딜 틈 없는 집이었지요. 하지만 평생 봉제공장 다니는 시어머니와 함께 친구는 오손도손 평화롭게 잘 살았습니다.

전자회사 조립공과 미싱일부터 식당, 닭집, 복사집, 점원, 청소 용역까지 안 해 본 일 없지만 제 친구는 가난합니다. 40여 년 만나는 동안 친구가 성내는 것을 본 적이 없습니다. 누구 원망하거나 욕하는 것도 들은 적 없어요. 지금 놓여 있는 처지에 온전히 자기를 내맡기는 친구와 함께 있으면 마음이 따뜻해지죠. 어떤 사람은 고생하고 살지만 남루하거나 초라하지 않습니다. 어떤 사람은 가난하지만 빈궁해 보이거나 인색하지 않습니다. 청소하고 차 마시고 밥 먹으며 친구의 지난 생이 아릿하게 지나갑니다. 내 친구는 꽃으로 몽글몽글 생을 적어나간 게 분명합니다. 사과나무 한 그루가 내 앞에서 꽃을 피우는 것 같습니다.

이 지구별에서 살아온 지 반세기가 넘었는데 이해 안 가는 일이 많습니다. 그중에서도 특히 모를 일은, 왜 착하고 열심히 산 사람들이 더 가난한가입니다. 더 모를 일은, 가난한 사람이 왜 더 잘 베푸는가 하는 것입니다. 살아서 다 쓰지도 못하는 물건과 돈을 비축해 놓고도 부자들은 왜 더 많은 물질을 모으는 데 전념하나 하는 겁니다. 혹시 가난은 재산에 비례하는가 싶을 정도로 부자들은 돈에 매인 듯 보입니다. 이해 안 가는 일은 끝내 이해가 안 됩니다. 수학 백치가 수학 공식의 원리를 이해하는 것이 불가능한 것처럼 말이죠.

스물두셋까지 크리스천이었던 제가 어릴 때부터 이해가 안 되었던 말은 "가난한 자는 복이 있나니 천국이 그들의 것이오…"라는 구절이었어요. 이 구절에 대한 설교는 늘 달라서 예수가 말한 진정한 의미를 알고 싶었습니다. 예수가 제 친구이고 곁에 있다면 반드시 물어봤을 말 중 하나죠. "물질은 인류 위에 올라타서 그들을 조종한다"는 에머슨의 말처럼, 21세기 사피엔스들은 물질 자체와 동의어가 되어 버렸습니다. 엄청난 물량으로 쏟아지는 물건들은 우리의 공간을 좁게 만들고, 새 물건은 흠집 있고 오래된 물건들을 갈아치우게 만듭니다. 가질수록 더 빈곤해지고 일할수록 더 살 게 많아지는 현실에서 우리는 계속 바빠지고 있습니다.

그런데 또 이상한 것은 내 친구는 전혀 빈곤해 보이지 않는다는 점입니다. 미래에도 벗어날 길 없어 보이는 가난 속에서도 결핍과 비참함이 그에겐 없습니다. 이 넉

넉함과 아름다움은 어디에서 오는 걸까요.

당신은 머리를 적시며
물의 온도가 어떤지 묻는다

삼단처럼 탐스러운 머리카락들
풍만하고 부드러운 거품들

당신의 긴 손가락들이 한꺼번에
머리카락 사이로 밀려온다

두피를 문지르며 당신은
밤이 오면 용접공이 된다고 속삭인다

나는 눈을 감고
일렁이는 푸른 불꽃을 더듬는다

낮이나 밤이나 당신은
아름다움을 만들어내는군요

당신 손등의 어렴풋한 흉터가
선명하게 떠오른다

아담한 두상을
당신의 두툼한 손바닥이 꽉 껴안는다

뜨거운 숨결이 훅 불어오고
나는 푸른 불꽃 속으로 들어간다

— 김선향, 「머리를 감는 동안」 전문

시를 보며 친구 얼굴을 떠올렸습니다. 낮에는 손님들 머리 다듬어 주고 밤에는 용접하는 이 시 속의 여자처럼, 낮에는 일하고 밤에는 아이들 돌보며 살림하며 나날이 아름다움을 빚어 내는 가난한 사람들 말입니다. 미래를 위한 돈을 쌓아 두고 사는 게 아니라, 달마다 해마다 먹고살기 위해 일하며 현재형으로 사는 노동자들이야말로 진정으로 삶의 불꽃을 피우며 살아가지 않나 싶기도 합니다.

프린스턴대학 수표를 책갈피로 썼다는 알버트 아인슈타인은 말했습니다.

"나는 세상의 어떤 부자도 인간애의 진전에 도움이 안 된다는 것을 확신하고 있다. 그것은 발전에 헌신한다는 소수의 부자들조차 마찬가지다. 오직 위대하고 순수한 인격만이 고귀한 관념과 고귀한 행동을 불러일으킬 수 있다. 돈은 이기주의를 부르고 불가피한 남용을 끌어들인다. 카네기의 지갑으로 무장한 모세나 예수 또는 간디를 상상할 수 있겠는가?"

모세나 예수나 간디처럼 대명사는 되지 않았지만 나날이 노동의 공덕으로 쌓아 올린 무명씨들의 탑이 세상에는 얼마나 많은지요.

긴 밤 내내 비가 내립니다. 봄비 맞고 쑥쑥 크는 풀처럼 하루빨리 건강해져서 세상으로 돌아가야겠습니다. 그리고 친구에게 받은 충만한 마음과 에너지를 다른 친구와 이웃들에게 돌려주어야겠습니다. 청소할 시간도 김치 담글 시간도 없는 바쁜 후배들에게 가서 대청소도 해 주고 큰 통 가득 김치도 담가 주고 싶습니다. 주고받는 거래도 아니고, 받았으니 주겠다는 빚도 아니니, 발걸음이 가벼울 겁니다. 그렇게 해 주고 싶은 마음이 시키는 일이니 그 자리는 환하고 맛있고 왁자지껄 즐거울 겁니다.

폐지 값과
시 값

　　새벽 여섯 시, 아흔 된 할아버지가 느릿느릿 밀개차를 끌고 갑니다. 관절염에 시달리는 다리를 절뚝거리며 오르막을 가는 동안 박스가 땅에 떨어집니다. 구부려 앉아 박스를 줍고 다시 묶는 일도 쉽지 않아 보입니다. 앞서 밀개차를 끌고 가던 할머니가 뒤돌아보더니 할아버지 것도 함께 끌고 갑니다. 오늘은 무거운 프라이팬 하나 있어 이천 원 받았다고 흐뭇해 합니다.

　　할머니는 당뇨와 치매를 앓고 있습니다. 혼자 나가면

곧잘 길을 잃어 할아버지께 혼나는 할머니입니다. 골목을 어슬렁거리며 박스를 찾습니다. 할아버지가 병원 간 사이를 틈타서요. 무게를 대충 가늠하더니 6백 원어치랍니다. 병원에 다녀온 할아버지가 바지 호주머니에서 흰 봉투를 꺼냅니다. 몇 달치 모았다는데 7만 원 남짓입니다. 할머니가 아프니까 약값도 해야 하고 병원도 가야 해서 모아 놓고 있답니다. 하루 6백 원 벌려고 종일 돌아다니는 할머니를 생각하다 4백원, 5백원 하던 자판기 커피 값이 생각나네요.

70~80년대 청계피복 봉제공장에서 일한 순애 언니는 당시 일당을 커피 값과 빵 값에 견주었습니다. 하루 일당은 다방 커피 값에 못 미쳤고, 빵 한 봉지는 일당에 육박했답니다. 야근하고 버스비도 아까워서 밤길을 걸어가는 내내 구수한 빵 냄새 맡으며 '저 빵 한번 원 없이 먹어 봤으면…' 날마다 밤마다 유혹이었답니다.

몇백만 원 하던 집값이 몇억을 호가한다는 오늘 이 시간, 경제적으로 비교할 수 없을 만치 잘살게 되었다는 이 순간도 몇백 원, 몇천 원짜리 일당과 인생이 존재합니다. 몇백만 원짜리, 몇천만 원짜리 인생과 일당도 존재합니다. N회사는 대표와 비정규직 월급 차이가 만 배 정도 차이가 난다고 합니다. 도대체 이렇게 간극이 벌어지는 사회가 어떻게 만들어지는지, 누가 만들고 있는지, 그런 현실 속에서 우리 다수가 행복하기는 한 건지 도대체 알 수가 없습니다.

할아버지와 할머니의 품값을 보니 시인들의 원고료가 생각났습니다. 제가 아는 시인들 중 시집으로 인세를 받는 이들이 거의 없죠. 있다고 해 봐야 백만 원, 이백만 원 정도입니다. 때로 무료로 발표하기도 하고요, 발표한 지면의 일 년치 문예지 구독권으로 물물교환하기도 하고요, 높게 쳐주는 데라야 십만 원 전후입니다.

제가 아는 글쟁이들은 거의 다 가난합니다. 쫓겨나지 않아도 되는 제 소유의 집도, 작품을 구상할 여유를 허락하는 몇 달치 생활비도 없죠. 전념해서 작품만 쓸 수 있는 안정된 현재도 없고, 보장된 미래는 꿈도 꾸지 못합니다. 그래도 그들은 시를 씁니다. 대상과 합일되어 사랑에 빠진 삶이 시의 씨앗이요, 그 결과가 시로 태어나기 때문이겠죠. 습관적으로 글을 쓴다기에는 그 짧은 시도 품이 너무 많이 들어요. 흔히들 시를 영감으로 쓴다고 하는데 어림없는 소리입니다. 아무리 영감이 와도 그것을 오래 붙들고 발효시키지 않으면 설탕만 뿌려 놓은 갓 담은 매실 효소나 매한가지입니다. 내 안의 세계만으로 부족합니다. 사람들 속으로 들어가 그들의 마음도 읽어야 합니다. 풀이든 나무든 하늘이든 물이든 사람이든 진득하니 그 속을 들여다봐야지요. 어쩌면 엉덩이 힘으로 쓰는 거 같아요. 작년 가을에 이미 시든 꽃덤불에 앉아 국화꽃 향기를 맡고 하늘에 걸린 무지개만 보아도 가슴이 뛴다는 무용(無用)이라는 양식을 먹고 사는 철부지 시인들이 세상의 변혁을 꿈꿀 수밖에 없는 이유가 여기에도 있는 것 같습니다. 가난하면 뭐라도 열심히 하게 되어 있잖아요.

자전거와 도서관과 시가 공생의 도구란 말 믿고 도서관에 가 반나절 꼼짝 않고 공생의 시 궁글렸습니다 컨베이어벨트 앞에 앉은 조립공처럼 시의 밥 지었지요 좀체 익지 않는 시 뜸 들이는 동안 잘 익은 시 한 알 한 알 베껴먹기도 했어요 퇴근하면 문 닫아버리는 도서관에 가보고 싶었던 여공 시절 떠올리며 열심히 공부했지요 냉이도 퍼렇게 언 손 뻗치고 쑥도 가물어 터진 흙 비집고 올라오는데 저 어린것들도 공들여 푸른 밥상 차려내는데 공밥 먹는 시시한 시인 안 되려고 기 쓰고 시를 썼습니다

맛있게 드세요 반나절 퍼 올린 오늘 시값은 공짜랍니다

— 김해자, 「공밥」2, 3연

너 나 할 것 없이 미친 듯 질주하는 자본주의의 기차 속에 담겨 정신없이 실려 가고 있습니다. 이런 현실 한복판에서 시인은 무엇입니까. 작가는 작가 한 사람의 개인사만을 목표로 할 수 없는 운명을 택한 자들 아닐까요. 그들은 역사와 동시대의 삶과 때로 더 많은 수의 자유와 행복을 향해 함께 모의하고 함께 짐을 나눠 싣고 함께 가야 할 팔자인지도 모르죠.

하지만 함께 달리는 것만으로는 모자라죠. 진실로 현실을 정직하게 직시하는 자는 만인이 달리고 있는 기차에서 뛰어내려야 하는 상황이 발생할지도 모릅니다. 깊

게 들여다보면 볼수록 절름거리며 그로테스크하게 걷고 있는 일상과 타성에 젖은 자신을 직시하고, 자신을 포함한 수많은 존재들이 과연 어디로 가고 있는가 묻다 보면 말입니다. 이탈과 탈주만이 그들의 길인지도 모릅니다. 화려한 불빛과 숫자 놀음 정반대의 그늘에 있으면 근본적인 질문이 솟아나겠죠. 아니, 어둠 속에 있는 그림자에 빛을 비춰 돋을새김하는 게 예술가의 양심이겠습니다.

의식적이든 무의식적이든 작가란 자기에게 부과된 시대적 운명을 되씹어 보는 존재인 듯합니다. 통계적이고 추상적인 현실이 아니라, 살아 움직이는 현실로서의 삶을 바라보되 그 무게와 고통에 압살당하지 않아야겠지요. 공중에서 대지로 저마다 다른 입자와 파동으로 춤추며 자유자재하게 내리는 눈처럼 말이죠. 순결하게 세상을 덮은 눈처럼 우리가 이룩한 문명과 문화와 언제까지나 지속될 듯 보이는 완강한 콘크리트 같은 질서 앞에서 백지가 되고 백치가 되어야 하겠어요.

불평불만이 세상을 아름답게 하지는 않는다는 걸 아프게 인정할 만큼 살았습니다. 제 눈앞의 현실은 모두

다 제 안에서도 생각하고 느끼고 꿈꾸어 온 게 실현된 것이라는 것도 인정합니다. 그러므로 저를 예외로 둔 채 현실 탓만 할 수 없습니다. 저를 포함한 우리 모두의 생각과 말과 행동이 합쳐져 오늘 우리가 사는 현실을 이루었습니다.

그러므로 제 앞에 벌어진 일은 전적으로 제 책임입니다. 이 세계가 보여 주는 모습 역시 결국 제 의식의 한계와 존재의 한도를 극명하게 보여 주는 거울 같은 거니까요. 하여 맘에 안 들고 화가 나는 사람들과 세상 또한 외면하지 않겠습니다. 다만 이 한계 지어진 공간과 시간속에서 각자가 차지하는 의미와 내가 할 몫에 대해 생각하고 말하고 행동할 수밖에 없겠죠.

폐지를 싣고 언덕을 오르는 할아버지가 뒤돌아보며 웃습니다. 그와 나의 인사는 말 없는 공감입니다. 말이 필요 없는 연대입니다. 보이지 않는 공감과 마음속 껴안음이 우리의 양식이자 폐지 값에 불과한 시를 쓰게 하는 힘이겠습니다.

만인에게
기본소득을

　　　　그놈의 참새는 우리 집 마당이 부엌인가
봅니다. 반 나마 알이 없어진 수수를 바라보고 있는데
아랫집 어매가 들어섭니다.

"댁에 수수는 참새가 다 묵고, 당장 안 먹어도 참새들
이 다 따 노니께 양파 자루 씌워 나야지. 머 수수라고 빗
자루나 해야지, 먹을 게 읎네."

혀를 끌끌 찹니다. '그거 괜찮네, 수수 빗자루' 하고 있
는데 수수범벅이 튀어나옵니다.

"수수 모가지를 털면 알맹이가 나오지. 그걸 물에다가 쪼끔 담갔다가 건져. 건진 다음 물이 쏘옥 빠진 담에 절구통에 빻아. 이렇게 가는 체로. 도디미에다 도툴도툴 치믄 가루만 빠지고 껍데기 티는 위에 남어. 그 위에다가 콩 까 넣구 동부콩 까 넣구 뒤적뒤적 해 갖고 찌면은 직직 늘어나믄서 맛있어. 솥단지에 해야 잘 익어."

공중에 쪄지는 수수범벅 냄새를 맡고 있는데 느닷없이 민물낚시가 출현합니다.

"그전인 수수 하나가 이렇게 늘어졌잖여. 그럼 수수 모가지를 따다가 푹 쪄서, 공주 금강 다리 가는 겨. 이만한 막대기에다 수수알을 인저 실로 묶어 갖고 매달어. 그러고선 물에다 담가 놓고 있시믄 게들이 와서 매달려. 다리로다가 막 이 수수알을 붙잡고 따묵어. 그러믄 가만히 끌어댕겨 자루에다 털고, 또 넣어 놓으믄 또 매달리고 또 털구. 연장 매달려."

앞집 어매가 마당으로 들어서자, 발을 밍크로 두른 값비싼 게가 올라옵니다.

"옛날 민물게는 발마다 밍크가 달렸어. 그거 엄청 비싼 게야. 밍크 털을 둘렀잖여. 털도 얼마나 부드럽다고.

논산 강경 그짝에도 밍크게 많이 나와. 한 자루씩 잡아와서 간장 퍼부어 놨다가 팍팍 댈여 갖고 붓고, 또 이틀 있다가 또 붓고, 세 번만 댈여 부으른 맛있어. 딴 반찬이 필요가 없다니께."

떡 본 김에 제사 지낸다고 아랫집 어매가 집에 좀 가잡니다. 뭐 서류가 왔는데 도저히 무슨 말인지 이해가 안 간답니다. 가서 보니 마루에 통장 몇 개와 도장과 우편물 서류들이 주욱 널려 있습니다. 요는 노령연금을 받으니 기존에 받던 복지연금에서 얼마를 뗀다고 하고, 은행에서도 연락이 와서 뭐라 해 쌓는데 도무지 알아들을 수가 없답니다. 이 서류 들여다보고 저 서류 들여다보고, 전화로 말해 줬다는 설명을 들어도, 저도 뭐라고 해 드릴 말이 없습니다. 제가 이해를 해야 설명을 하든 따지든 하지요. 하지만 79세 되어서 국가가 뭐를 준다더니 다시 뺏어가고, 복잡한 서류는 이해가 안 가고, 이게 도움을 준다는 건지 시험을 보는 건지 대체 모르겠다는 심정은 확 이해가 됩니다. 한마디로 분통이 터진다는 얘기이지요.

최근 십여 년 시골에 내려와 살게 되면서 어쩌다 보

니 문화의집이나 복지관, 기초수급자를 위한 자활후견 기관, 인권센터 같은 데서 문학 강연이나 몇 달짜리 강의를 하는 일이 잦았습니다. 강연료는 얼마 되지 않았지만, 그 사업을 진행하는 실무자들의 열정과 의지가 넘쳐났습니다. 덩달아 저도 열심히 하고 보람도 있었죠. 치매 병동 가서 어르신들과 글쓰기를 하면 얼마나 하겠습니까만은, 공중에다 말로 글을 쓰거나, 크레용으로 그림 그리면서 몇 자 쓰거나 나누는 삶의 이야기들이 빛나고 소중하게 여겨지더군요. 무엇보다 이야기 듣는 재미가 쏠쏠하고요.

향유자와 실무자와 강사 모두가 기다리고 좋아하던 그런 소박하고 조촐한 프로그램들이 차츰 줄어들더니 어느 날 감쪽같이 사라졌어요. 실무자들은 지원 방식이 까다로워 그런 일들을 기획하기 겁난대요. 조손 가정 아이들에게 밥을 해 주면서 방과 후 이런저런 프로그램으로 아이들을 위해 헌신하던 어떤 실무자는 하고많은 서류가 작성인지 조작인지 모르겠다며 하소연했습니다. "제출한 서류를 쌓으면 바닥에서 천장까지 닿을 거"라고요. 이삼 일씩 밤새 서류를 만든다는 그의 얼굴은 봉사자의 얼굴이 아니라 말단 행정 관료의 낯빛이었죠. 자료와 씨름하느라 실제 프로그램에 쏟을 시간이 없으니 찾아온 아이들한테 미안하다고 했어요. 그렇게 작은 단위의 지역 문화프로그램들이 사라져 가는 것을 눈앞에서 지켜보았습니다. 저는 그때 국민 세금 쬐끔 나누면서 국가가 엄청 유세한다 싶었습니다.

저는 성장과 고용의 신화야말로 수많은 이 땅의 젊은 이들을 좌절하게 하고 자신의 무능을 탓하게 한다고 생각합니다. 강연 때 가끔 저는 「일하지 않는 자여, 맛있게 먹어라」란 시를 읽어 줍니다. 부제는 '만인에게 기본소득을'입니다. 5년, 10년 취업 준비하는 자식을 둔 엄마들이 눈물 찍어 냅니다. 시 쓰고 노래하고 벽화 그리고 시위하는 거리의 예술가들은 폭소를 터트리며 기본소득을 위해 싸우겠답니다.

일하지 않는 자여 먹지도 마라,

이 구호는 병들었다 누구를 위해 일하는지도 모르고

산 자와 죽은 자로 갈라진 노동은 시체를 쌓는 강

고용과 합체가 되어버린 노동은 죽음의 춤사위
해서는 안 될 일, 하지 않은 자여 맛있게 먹어라
그댄 뇌물과 청탁을 받을 의자도
비리와 조작을 지시할 상관도 끈도 없다

만인에게 기본소득을 보장하라,
아이나 늙은이나 부자나 가난뱅이나 목숨 줄은
하나
하나의 위 하나의 심장에 똑같은 생존권을!
적자생존은 거짓말이다
나무도 뿌리가 얽혀 물을 나눠 가진다 눈에 안 보
이는
그 작은 세포들도 막을 통해 양분을 주고받는다

만국의 백수여 당당하라, 그대 손은 백 개,
탄식하며 부끄러워하는 흰 손이 아니라
손 벌리는 곳마다 달려가 그의 손이 되어주었다
하늘 우러러 땅에 엎드려 생명을 키웠다
새벽이슬 덮고 지는 달을 노래하고 톱니바퀴 바깥

에서

톱니바퀴를 관찰했다 그대는 밤새 홀로 깨어

인류의 새로운 지도를 그리고 아픈 자를 위해

환전할 수 없는 눈물을 흘렸다

만인의 것 만인에게 돌려주라,

가난과 사랑과 고독과 자유를 어찌 수치로 잴 수

있으랴

서류 더미로 만인의 불운을 판정하지 말고

구걸하듯 불행을 꾸미지 않게 하라

선심 쓰듯 주지 말고 봉사도 노동도 강제하지 마라

받기 위해 주는 자는 서로를 타락시킨다

보이지 않은 데서 모르는 자의 등을 밀어주게 하라

프롤레타리아조차 되어본 적 없는 만국의 백수여,

단결하라 각자,

삽과 곡괭이와 노래와 막걸리와 춤으로

끌과 망치 붓과 물감으로 그대의 행복실험실을 경

영하라

머잖아 그곳에서 진실로 함께 사는

신인류가 뚜벅뚜벅 걸어 나오리라

　　　— 김해자, 「일하지 않는 자여, 맛있게 먹어라」 전문

　노장 켄 로치 감독의 〈나, 다니엘 블레이크〉는 빈곤과 불운과 질병을 증명해야 하는 복지제도와 빈민구제 법류의 지원을 풍자하는 영화입니다. 주인공 블레이크는 심장병이 악화되자 병원에서는 일을 하면 죽는다 하고, 당국에는 구직 의지를 증명해야 실업 급여를 받을 수 있는, 이중의 감옥에 갇혀 있는 독거노인이자 수십 년 목공일에 종사한 장인입니다. 구직 활동을 하면서도 그를 채용하려는 공장주에게 연락이 오면 거절할 수밖에 없는 모순적인 상황에 그는 존재합니다.

　이런 상황에서도 그는 자기보다 가난한 이웃들을 보살핍니다. 먹을 것이 없는 이주 노동자 가족에게 제 것을 떼어 경제적 도움을 주고, 말을 잃은 아이들과 여성 가장에게 희망의 모빌을 만들어 줍니다. 그 사이, 정작 자기 집에는 전기가 끊기고 먹을 것도 떨어집니다. 말과 서류와 문자가 조합된 행정 양식이라는 것들은, 가난하

위대한 일들이 지나가고 있습니다

고 하루 벌어 하루 먹고 살아야 하는 사람들이 통과하기엔 아주 어려운 문턱입니다. 지지직거리는 흑백 화면처럼 알아듣지도 못하는 숱한 질문과 취조에 가까운 행정 절차에 예스가 떨어지길 기다리는 지난한 과정의 막바지에 그는 심장 발작으로 숨집니다.

일자리를 찾고 있다는 것을 증명해야 실직 수당을 받고 심장병을 치료할 수 있는 블레이크는 몇 차례 심사를 받다가 행정관청을 뛰쳐나와 벽에다 "나는 다니엘 블레이크다"라고 씁니다. 자신의 존재 자체가 곧 증거라는 거죠. 이 영화를 보면서 우연히도 성이 같은 영국의 시인 윌리엄 블레이크의 시가 떠올랐습니다. "만일 우리가 누군가를 가난하게 만들지 않는다면/동정은 더 이상 필요 없을 것이다. /그리고 만일 모두가 우리처럼 행복하다면/자비는 더 이상 있을 수 없을 것이다."

최근에 코로나로 인한 재난지원금을 받게 되면서 저는 많이 놀랐습니다. 인간이 아무리 노력해도 안 되던 기본소득을 코로나라는 바이러스가 단방에 해내는구나. 그놈의 80퍼센트냐 85퍼센트냐 100퍼센트냐로 그 높은 데 앉아 바쁜 양반들이 몇 날 며칠 숫자 놀음 하는 걸 보며 참 한심하다는 생각도 들었죠. 더 우스운 것은 기본소득이 마치 국가의 재정을 거덜내는 것인 양 말하는, 애국심으로 포장한 이기심을 보는 것이었죠. 기재부 장관이라는 자가 마치 자기 돈을 모두에게 나눠 주는 것처럼 호들갑 떠니 말입니다.

국토보유세로 집 없는 사람들에게 임대 주택을 지어 준다고 해도 포퓰리즘이니 뭐니 하는 사람들이 참 딱합니다. 그들은 정말이지 민초들의 삶에 대한 실감이 없는 것 같아요. 가난과 질병과 무능을 서류로 증명하지 않아도 되는, 당당한 그 돈 몇십만 원이 어떤 청년에게는 발품 팔아 친구를 만나고 구직을 하는 첫걸음이 되는 일입니다. 동네 이웃들에게 밥 한번 사며 어깨를 펴는 자존심이 되기도 합니다. 굽신거리며 상전에게 잔돈푼 받아먹고 사는 시민은 제발 만들지 말아야겠습니다. 한 사람의 국민이자 지구의 한 일원으로 당당하게 받고, 그 힘으로 보이지 않는 데서 모르는 자의 등을 밀어 주게 하면 참 좋겠습니다.

귀촌을 묻는
당신께

⌣

도시에서 직장 다니며 호시탐탐 귀촌을 고민한다는 후배가 조언해 줄 말이 없느냐 묻는데 제 머릿속이 다 까매집니다. 후배들이 고민하는 '텃세' 때문이 아닙니다. 소위 현대 문명의 폐해란 것들이 도시만 골라서 휩쓸고 지나가겠습니까. 돈 벌겠다고 모인 직장이나 좋은 일 하겠다고 모인 집단, 어디고 상처와 파손 없이 온전한 데가 있겠나요. 시골도 마찬가지입니다.

11월 들어 맞은편 산 정수리 이마빼기가 듬성듬성하더니 점점 머리털이 빠지고 있더군요. 무슨 일인지 영문을 몰랐는데 며칠 후 펑펑골 높은 데서 바라보니 나무가 있던 숲이 통째로 사라지고 노란 흉터만 남아 있더군요. 며칠 후엔 포클레인 소리가 요란했습니다. 사나흘 그러더니 귀촌한 너댓 집 바로 뒤가 반 나마 민둥산이 되어 있더군요. 펑펑골의 마지막 자락이자 보름달이 둥실 떠오르던 뒷동산의 달골 몰골이 말이 아니게 되었습니다. 시골 살려면 바로 옆에서 자연이 파괴되어 가는 것을 견뎌 낼 수 있는 강심장이 필요하겠구나 싶었죠.

그럼에도 세속 도시에서 호시탐탐 귀촌하려는 후배들 마음을 사로잡을 만한 점도 없지 않습니다. 생명을 키우다 보면 우선 늘 궁금하게 되어 있어요. 씨를 묻을 때부터 그놈이 언제 나오는지 맨날 확인하게 되더군요. 씨알을 우산처럼 위로 올리고 나오는 떡잎들을 보면 정말 기적 같습니다. 예전엔 호미질하다 지렁이가 나오면 질겁해서 얼른 흙을 덮어 주었는데, 지금 생각하면 제가 무서워서 그랬단 생각이 듭니다. 그런데 지금은 저도 몰래 바뀌었어요. 갸들이 놀라는 게 먼저 느껴진달까요.

풀은 없애고 작물은 살리면서 생명을 키워 낸다는 게 늘 마음 한켠이 캥기는 일인 듯도 해요. 다 같은 생명이니까요. 오죽하면 어른들이 그럴까요. "내가 살면서 웬만한 것은 당해 냈는디 풀한테는 못 당하겠더라"고. 비온 후 사나흘만 게으름 피우면 순식간에 풀이 원수가 되어 버립니다. 전에 살던 집에서는 주인 어르신이 당신 밭에 뿌리고 남은 제초제를 제 마당밭에 뿌려 대곤 해서 엄청 힘들었어요. 제가 어디 나가 있을 때만 꼭 뿌려 대서 말리지도 못했어요. 물기 하나 없이 노랗게 죽어 가는 풀을 보면서 속이 상했습니다. 참 제초제는요 생명을 죽이는 게 아니라 몇백 배 빨리 크게 해서 일찍 죽게 하는 거였더군요. 말하자면 성장촉진제로 고사하게 하는 거죠.

홁에 에워싸여 산 지 12년, 이제 제 주제를 깨닫게 되었으니 여러분께는 '백수 농법'을 추천합니다. 백수 농법은 우정을 가장 높이 받들어야 가능한 농법인데요, 이 집 저 집 다닐 넉살은 좀 있어야 합니다. 여기서 '백수'는 창백한 지식인의 손이 아니라 백 개의 손을 가진 사람이라는 뜻입니다. 손 하나 빌리는 것도 아쉬운 봄

가을 바쁠 때 어느 집이 더 손이 필요한지 알아차리는 안목도 필요하고요, 내 소유가 적어야 가능한 방식이죠. 내 할 일이 너무 많으면 바로 옆집에서 불러도 부담스럽잖아요.

다음은 여러분의 땅덩이를 '민주공화국'으로 만드는 길입니다. 민주는 소유가 아니라 점유를 인정하는 데서 출발합니다. 농사를 작물 위주로 하지 않고, 뜬금없이 머리 내민 놈들 자리도 봐서 웬만하면 허락하는 방식입니다. 우정과 존중을 잃지 않으면 이 집 저 집 이쁜 꽃들 몇 뿌리도 알아서 여러분 텃밭으로 이사 올 겁니다. 식물은 걷지 못하지만 모두 발이 달린 것 같습니다. 사람 손이 땅 밑에 숨은 발들을 적재적소에 옮기거나 나눌 수 있지요. 사람도 움직이면서 다른 것을 옮겨 주는 동물이잖아요. 사람 손은 서로의 마음에 달려 있고요. 그래서 저는 백수 농법이자 우정 농법을 제안하는 겁니다.

⌣

귀농에 대해선 개인적 결단보다 시스템적 접근이 더

필요하다고 생각합니다. 저 창밖을 보세요. 7년 전에는 다 논이었던 자리인데요, 비닐하우스가 그 절반을 잘라 먹었어요. 논이 고립되고 있어요. 여러 집 나눠 먹을 수 있는 다작물 소농은 지원해 주지 않고, 오이다 딸기다 해서 단일 작물만 키우는 비닐하우스는 지원해 줍니다. 바로 돈이 되니까요. 농민소득이나 직불금 같은 지원도 비닐하우스는 100평이면 되는데 노지는 300평이 기준입니다. 땅이 그만큼 안 되면 지원이 안 됩니다.

땅을 빌려서 농사지으면 되지 않느냐 생각하겠지만, 실제 도지를 얻어 농사를 짓는데도 주인이 빌려주었다는 증명서, 즉 서류를 안 만들어 줍니다. 왜? 땅 주인이 농사 안 지어도 착착 나오는 혜택을 포기하면서까지 도지 준 사람에게 자발적으로 양보하겠습니까. 밭에 작물이 자라는지만 확인하지, 그 작물을 누가 짓고 있는지 확인할 방법이 없습니다. 제가 아는 집만 해도 이 동네에 대여섯 집은 제 소유로 된 땅이 없어서 농민 혜택을 못 받습니다. 말만 농민에게 혜택을 주겠다는 것이지, 농촌을 살리겠다는 길은 아닌 듯 보이는 정책들이 아주 많습니다.

또 관공서에 기획서를 잘 써서 내면 혜택을 받고요, 공무원과 친해지면 액수는 더 커집니다. 변방의 점 하나로 산다 해도 곳곳에 정치라는 것이 들어와 있습니다. 그것을 함께 고민하지 않으면, 공기 좋고 물 좋고 인심 좋고 하는 말들은 그저 꽃에 향수 뿌리는 말에 불과한 것 같습니다.

아, 너무 어두운 이야기만 했나요. 영영 귀촌할 마음이 사라집니까? 젊은 여러분께 농촌 살면서 할 수 있는 직업 하나를 제안하겠습니다. 그 직업 이름은 '창직'입니다. 직업을 창조한다는 뜻이죠.

여러분도 아다시피 시골에는 노인들 비중이 높아서, 핸드폰이 고장 나서 바꾸었는데 사용하기 어렵다거나 관에서 문서가 왔는데 해독이 안 된다거나 하는 일들이 자주 발생합니다. 저만 해도 젊은 축에 들어서 그런 걸 돕게 되더군요. 자, 젊은이 두어 명이 큰 농사는 안 지어도 농촌에 살고 싶어 하면 집 하나 수리해서 주고요, 한 달에 몇십만 원쯤 적어도 최소한 생활할 수 있는 기본소득을 준다고 합시다. 그러면 그 청년들이 그냥 놀고먹기만 하겠습니까. 또 놀고 먹기만 하면 또 어떻습니까. 좋은 공기 마시고 마실만 다녀도 여러분은 기울어진 시소의 반대편에 무게를 실어 주는 겁니다. 돌아다니다 "어이, 청년! 이것 좀 봐 줄 수 있을까?" 하면 서류도 좀 봐 주고 무거운 거 옮길 때 잠시 손도 보태고 마을 사업 할 때 잠시 잠깐 함께하다 보면 어른들이 가만있겠습니까.

대학 때 농촌 활동 갔는데 그 어르신들 자기 자식처럼 생각하고 얼마나 우리를 귀하게 생각하는지 말로 표현할 수가 없어요. 그런 어른들 아직 많습니다. 깨끗하고 맛있는 먹거리 챙겨 주고 싶고 좋은 거 나누고 싶은 인심은 아직 살아 있어요. 갈수록 도시에 먹혀 줄어들고 있지만 저는 아직 한 줌의 흙이 묘목에게 젖을 물리고 있다고 믿고 있습니다. 메트로폴리스라 불리는 대도시에 집중되는 이 시대에 농촌과 어촌에 사는 한 줌의 흙과 한 줌의 대양이 막중한 도시들을 먹여 살리고 있다고요.

혹시 일이 안 풀려 회의가 들거나 몸과 마음이 아파서 농촌에 살게 되면 아침저녁으로 동네 한 바퀴 도십시오. 돌다가 누구 만나면 인사만 해도 먹을 것은 생깁니다. 땅이라는 게 엄청나게 많은 것을 생산하거든요. 이 손에서 저 손으로 전해지는 파니 배추니 감자니 고구마니 하는 것들이 늘 동네 길과 골목에서 이뤄지고 있습니다.

그리고 '놉'이란 것도 제안하고 싶네요. 놉이 뭐냐고요? 노비에서 온 것 같다고요? 그 생각까지는 안 해 봤는데 그럴 수도 있겠네요. 제가 바로 그 놉을 하고 있습니다. 저기 보세요. 창밖 저 아래 있는 긴 밭고랑이 다 제 밭입니다. 언덕 위에 있는 저 밭도 제 것입니다. 이것이 놉을 해서 먹고사는 이의 사유 방식입니다. 물론 서류상 제 소유는 아니죠. 하지만 저 밭에서 고구마 심으면 저도 제 밭인 양 커피라도 끓여서 장화 신고 나섭니다. 모종을 대·중·소로 맞춰 고랑에 갖다 줍니다. 들깨 심으면 나서고, 서리태 모종 심으면 또 나갑니다. 소유의 문법으로 말하자면 저 밭에서 농사짓는 언니도 사실은 땅 주인이 아닙니다. 왜, 도지 얻는다고 하죠.

콩밭에 가서 콩 튀듯 팥 튀듯 바쁜 철에 손 하나만 까딱거려도 땅은 제가 안 심은 땅콩까지 쥐어 줍니다. 텃세니 뭐니 말해도 우리네 농경 사회가 그만큼은 됩니다. 놉은 콩 튀듯 팥 튀듯 바쁜 집에 가서 고추도 따 주고 마늘도 심어 주고 깨도 같이 털면서 일을 해 주는 거예요. 일종의 두레나 품앗이 같은 일인데요, 품삯을 받기도 하고 이웃 사는 인정으로 같이 거드는 마음으로 하는 거죠. 저 같은 저질 체력은 하루 종일은 못 하고요, 그냥 차나 간식 들고 가서 몇 시간 옆에서 얘기하다 잔일만 도와주고 돌아옵니다. 동네를 어슬렁거리다 보면 제 농사 몇백 평 늘리는 것보다 쏠쏠하더군요. 바쁜 가을철엔 감 딸 시간도 놓치기 십상이라는데 고개만 까딱거리고 얻어먹는 게 참 많습니다.

저는 흰 손의 백수가 아니라 손이 백 개인 청년들이 동네 사람들과 어울리는 농촌 정경을 떠올립니다. 지금 우리의 기술 수준과 생산력을 볼 때 인구의 80~90퍼센트가 놀 듯이 일해도 먹고사는 데 지장 없습니다. 그 시간에 보다 깊게 사랑하고 창조하며 공짜로 파견된 이 지구에 희망을 피워 내는 일에 몰두해도 됩니다. 그러니 우리는 미리 백수를 선언합시다. 손이 백 개나 되니 할 일 참 많다고 즐거워합시다.

도리깨질하는 앞에 서서 고개만 까딱거려도

수월하다는 앞집 임영자 씨 말 듣고

저짝에서 하나 넘기고 이짝에서 하나 제치고

둘이 하면 힘든지도 모르고 잘 넘어간다는

아랫집 맹대열 씨 말 듣고

쌀방아 보리방아 매기미질도

둘이서 셋이서 하면 재미나대서

콩 튀듯 팥 튀듯 바쁜 양승분 씨 밭에 가서

가만히 서 있다

콩 터는 옆에 앉아 껍데기 골라냈다

사방팔방 날아다니는 콩알을 줍기도 했다

심지도 않은 땅콩 한 소쿠리 얻었다

백수도 참 할 일이 많다

— 김해자, 「백수도 참 할 일이 많다」 전문

이 시는 우리 동네 산, 이름하여 평평골이란 데에 가
면 나무 액자 속에 잘 모셔져 있습니다. 그것도 정자 하
나 잘 세우고 만든 나무 위에요. 어른들이 산에 나물 뜯
으러 가다 자기들 이름을 보고 킥킥댑니다. 저도 저 백

수 뉘기여, 물으며 웃습니다. 시인은 저분들인데 제 이름도 써 있는 저 시는 누구의 것일까요. 우리 모두의 것입니다. 함께 살면서 고유명사로 서로를 부를 수 있다는 것이 얼마나 축복입니까.

참, 귀촌하려는 분들께 가장 중요한 것을 빠트렸네요. 사람들과 함께 밥 먹는 것이 무엇보다 중요합니다. 우정은 밥을 매개로 이뤄진다는 것은 당연지사 아니겠습니까. 저는 밥상머리에서 저보다 20~30년 더 사신 분들의 재미난 이야기들을 받아 적습니다. 이제는 거의 압니다. 제가 사진 찍거나 녹음해도 이분들이 아무 말 안 해요. 다시 물어보거나 받아 적으면 말들이 부자연스럽고 근엄해져 버리거든요. 처음에 느꼈던 말맛이 안 나요. 이젠 재밌고 공부되는 이야기하시면 녹음하겠다고 미리 허락을 받아 두고요, 지금 실시간으로 탄생 중인 그분들의 생생한 말을 녹음하곤 합니다.

～～～

산에 잠시 다녀왔는데 동네 언니한테서 전화가 와 있

습니다. 전화를 걸었더니 우정인 씨가 청국장 몇 덩어리를 우리 집 문 앞에 내려다 주었답니다. 직접 통화 좀 하라고, 옆에 앉아 계신 우정인 씨를 바꿔 줍니다.

"문을 한창 두드려도 소리가 없고, 뒤로 돌아가 뚜디려도 없고, 청국장 몇 덩이 거 문 앞에 목욕탕 다라이에 넣고 바가지 엎어 놓고…."

"알았어. 갈게."

"뭐 하러 와. 추운데."

전화를 끊고 귤과 사과를 챙깁니다. 제주에서 유기농으로 키운 달콤새콤한 김경훈 시인표 일등 귤입니다. 사과를 챙깁니다. 보름여 전 집에 다녀간 노지영 평론가 아버님이 지으신 일등 사과입니다. 몇 분이서 모여 계신지 알 수 없어서, 간단히 나눌 봉지도 몇 개 챙겨서 핑하니 언덕을 내려갑니다.

우정인 어매 집에 들어가 어머니 어머니 불러도 소리가 없습니다. 집에 들어가 방도 기웃거리고 화장실도 들여다봅니다. 고양이 두 마리만 부뚜막을 왔다 갔다 하고, 밭 옆에 묶인 강아지만 짖어 댑니다. 귤과 사과 두 봉지에 나눠 담아서 맹대열 씨 집으로 쌩 하니 내려갑니다. 맹대열 씨 집은 논가에 있는 반지하 집입니다.

"왔구먼, 왔어. 우씨 할매, 해자 씨 왔네."

두 분이 TV 앞에 앉아서 20년도 더 된 드라마 〈허준〉
을 보고 계십니다.

"옛날에도 저런 거 입었어요?"

"옛날에는 다 광목으로 저고리랑 치마 해 입었지. 저
고리가 짧아서 물동이를 이면 젖가슴이 다 보였지 머."

여든, 여든다섯인 이분들은 제 스승들입니다. 그리고
어머니입니다. 제가 청하지 않아도 문 두드려 탕국 가져
다주고 먹을 것을 싸다 집 앞에 바가지로 덮어 두고 가
는 그들이 어머니가 아니면 뭐겠습니까. 저같이 까칠한
사람도 흙이 나무를 받아 주는 것처럼, 대지가 작물을
붙잡고 있는 것처럼 안아 주시는데 젊은 여러분이야 말
할 나위도 없겠지요.

마지막으로, 『녹색평론』을 29년 동안 펴내다 2020년
에 돌아가신 제 스승 김종철 선생 말씀 한 대목 전해 드
리겠습니다. 선생은 제도화된 친절과 자유인의 친절을
구별합니다. 근대란 한마디로 가장 인간적인 가치가 제
도화된 체제랍니다. 복지국가는 국가적으로 환대와 친

절을 제도화하고 보살핌을 제도화한 시스템이란 거죠. 제도화된 환대나 친절에는 개인과 개인 사이의 인격적 교류가 없습니다. 선한 사마라아인이라 불리는 사람은, 해도 되고 안 해도 되는데 '하는 자유'를 선택하고 행사한 사람이랍니다. 그런 귀한 사마리아인의 일들이 일상에서 벌어지는 곳이 이웃이 존재하는 공동체입니다. 그렇다면 진정한 자유인이 되어야만 자발적인 행동에 의해서 진정한 '이웃'이 만들어지겠죠. 우리의 삶은 그런 의미의 '자유'와 '이웃'이 결여되면 근본적으로 공허하고 무의미한 것이 될 수밖에 없다고요. 김종철 선생은 민초가 된 지식인의 언어로 말하고, 제 이웃에 사는 스승들은 몸으로 말할 뿐, 조금도 차이가 없습니다.

자연을 인간이 맘대로 해도 되는 양, 문서에 도장만 찍으면 무엇이든 가능하다고 생각한 벌을 받고 있단 생각이 드는 요즈음입니다. 소유의 문법입니다. 우리가 망가뜨린 자연이 우리에게 되돌아온 코로나 시대에 우리는 다시금 대다수 민초들의 삶을 짓밟고 유린해 온 가장 근본적인 폭력, 즉 근대성이라는 것에 의문을 제기하게 됩니다. 몇십 년 방치되고 소외된 변방을 붙들고 있는 농민과 참여적 지식인의 만남은 엄청나게 축복 받은 조합이란 생각도 듭니다. 개발과 성장과 진보를 쫓느라 병들 대로 병든 이 지구의 변방에서 '나'라는 한 점으로 존재하기만 해도 엄청나게 중요한 실천이란 생각도 들고요. "각자 살되 더불어 함께하는" 삶과 공동체적 생활 방식이야말로 다소 불편한 점이 있더라도 지금 전 세계가 직면한 위기를 극복할 수 있는 삶의 방식 중 하나가 아닐까 생각합니다.

생애 가장
시원한 여름

저녁 다 되어 가는 즈음 나무에 물을 주는데 아랫밭에서 동네 언니가 엎드려 있습니다. 서리태 콩밭 사이에서 겨우 얼굴이 보입니다. 낮에는 엄두가 안 나게 덥습니다. 모기가 활동을 본격적으로 개시하는 시간이 사람에게도 최고의 때입니다. 호스 방향을 양승분 씨 밭으로 돌렸습니다. 호스 끝을 두 손가락으로 꼭 잡으면 꽤 멀리까지 물줄기가 쏟아져 내립니다.

"고랑에 물을 줘 봐야 풀이나 나지" 소리가 올라와도

"풀에 가는 물, 콩에는 안 가겠나", 물 주기를 멈추지 못합니다. 손가락이 아파서 밭고랑 하나마다 집중적으로 물을 뿌리니 고랑 따라 끝까지 물길이 이어지네요. 물이 어룽어룽 갈라 터진 밭고랑을 흘러 밭 끝까지 흘러갑니다. 물길, 참 고맙고 기분이 좋아지는 말이죠.

"이렇게 가물면 농사 못 짓것어."

콩밭에 엎드려 웅얼웅얼하는 소리가 또 올라오네요.

알파, 베타, 감마, 오메가…. 코로나가 변이를 거듭해 가는 와중에 아메리카에 난 연쇄 산불은 꺼지지 않거나 인간의 힘으론 진화가 불가능하고, 유럽의 강들은 범람하고, 아프리카와 동남아는 가뭄에 작물이 타들어 가고 있네요.

복면을 하고도 사람을 만나지 못하는 나날들이 이어지고 있습니다. 혹시 만나도 며칠 동안은 두렵더군요. 더위도 식힐 겸 손으로 치운 새똥에도 '혹시 바이러스가' 하는 생각이 스쳐 가다니, 이게 생명이 생명을 대하는 태도인가 싶어 움찔합니다. 사람에게 사람이 두렵고 자연이 공포가 되는 시대입니다. 심리만이 아니라 물질체 혹은 생명 그 자체로 대면하고 나누고 사랑하기 어려워진 상황에 어찌 살아야 하고 우리 자식들은 또 어찌 헤쳐 나갈지 한숨이 길어집니다. 이런 와중에도 가만히 서 있을 뿐인 집은 3, 4년 사이 두세 배 올라 가난한 사람들은 쳐다보지 못할 높은 나무가 되었습니다.

평론가 염무웅 선생은 2021년에 펴낸 『지옥에 이르지 않기 위하여』 서문에서 독일의 음유시인 볼프 비어만을 빌어 지옥으로 변해 가는 세계 한복판에서 예술가가 취할 수 있는 중요한 통찰을 보여 주더군요. 비어만은 일찍이 고향을 떠나 이념의 조국이라 생각한 동독으로 넘어가 시를 쓰고 노래를 부르고 노동자 극단을 만들어 활동했지만, 그의 공연은 금지되고 작품은 검열의 대상이 되다 시민권을 박탈당하고 추방되었다죠.

세월이 흘러 마침내 독일은 하나로 통일되고 그는 자신이 동독으로 건너갈 때 지녔던 꿈이 실현 불가능하다는 걸 깨닫기에 이른다. 머릿속에서 구상한 낙원을 억지로 지상에 건설하려는 것은 지옥에 이르는 지름길이 될 수도 있다는 확신에 도달한 것이었다. 하지만 그렇다고 그가 자본주의 체제에 투항한 것은 결

코 아니었고 사회적 불의와 체제의 모순에 대한 고발을 멈춘 것도 절대 아니었다. 다만 그는 낙원에 대한 환상 때문이 아니라 현실 속에서 고통받는 사람들 편에 서기 위해서 끊임없이 시를 쓰고 노래를 불렀다. 이념을 위해서가 아니라 지옥으로 가는 열차를 막기 위해서였다.

— 염무웅, 『지옥에 이르지 않기 위하여』 중에서

"현실 속에서 고통받는 사람들 편에 서기 위해서" 고투하며 쓰는 일도 어렵지만, "현실 속에서 고통받는 사람들 편에 서" 있는 것만으로 매우 어려운 일이겠지요. 생존에 당장 필요한 것이 아니면 기억 서랍을 비우는 게 호모사피엔스 아니겠습니까. 효율성을 중대시켜야 살아남을 수 있는 유전자를 물려받은 데다 그렇게 교육까지 숱하게 받아 왔으니까요.

그런 속성을 감안하면, 시인은 세계 혹은 그의 거울인 자아가 과도하게 반응하고 다소 과대 포장하는 사람들인 것 같아요. 그렇다고 잠수함의 토끼처럼 예언자에 가깝다고 생각하지는 않습니다. 비유하자면 이상은 이

상대로, 현실은 현실대로 두 개의 심장이 동시에 팔딱거린다고나 할까요. 평론을 쓰거나 기사를 쓰면서도 시인보다 시인 같은 사람들을 저는 많이 보아 왔습니다. 그들은 자기를 개혁하는 동시에 세상에 질문을 던지는 조용한 혁명가들이었습니다.

『지옥에 이르지 않기 위하여』속엔 "식민지 조선에서 태어나 네댓 살 때 나라가 남북으로 쪼개지는 운명을 맞"고, "정치의 압도적인 위력에 휘둘려 살"아야 했던 역사이자 실존적 존재가 보입니다. 4.19와 5.18을 통과하는 청춘이 보이고, 촛불에 환호하고 분단과 통일에 대해 고민하는 어른과, 문학의 본령에 충실하면서도 광장과 일상에 다리를 놓고 있는 실천하는 지식인이 보입니다.

지옥의 문턱쯤인 "소수의 승리자와 절대다수의 패배자들로 구성되는 사회"에서 선생은 묻습니다. "내일을 예측하지 못하는 생활을 이어가"는 비정규직 노동자와 "수많은 청년 실업자, 노인과 장애인, 이주 노동자들, 무주택자들이 절망의 발걸음을 무겁게 떼어 놓을 때" 우리는 어디에 있었는가 하고. 경제대국 10위라는 나라에서 끼어 죽고 떨어져 죽고 빠져 죽고 과로로 죽고 혈관이

터져 죽고, 최고 대학이라는 데서 일하는 청소 노동자들이 화장실에서 밥을 먹습니다. 선생은 '나 때에는'이 아니라, 현재형으로 말합니다. "그들의 목소리를 대변하지 않는다면 그 문학은 우리의 문학이 아"니라고. "지상을 천국으로 만드는 것이 아니라 지옥에 이르지 않게 하는 것이 나의 희망"이라고.

우리는 쉬지 않고 일을 하는 사람들이다
죽고 싶어도 사는 사람들
우리는 하루 벌어 하루를 사는 사람들이다
살고 싶어도 죽는 사람들

다녀올게요
오늘까지 일하고 나는 죽었어요
저녁부터는 쉬어도 돼요
내일은 일찍 깨우지 마세요

어머니는 시커멓게 타버린 나를 낳았어요
꿈도 없는 아버지는 나에게 꿈을 묻지 않았어요

당신은 달아나는 꿈을 얼마만큼 좇고 있습니까?
당신의 꿈은 누구의 편입니까?

우리는 탈출하지 못했다
우리는 순식간에 갇혔다
우리는 한꺼번에 죽었다
우리는 보통 떼죽음을 당했다
우리들의 시체는 여기저기 분산되었다
우리가 마지막으로 본 세상은 불덩어리였다

구급차는 날마다 우리에게 달려온다
우리를 태우고 떠나기 위해 줄지어 기다린다
나도 내 얼굴을 알아볼 수 없다
나도 내가 이렇게 죽을 줄 알았다
잘 가라, 세상!

— 임성용, 「잘 가라, 세상」 전문

　　통신망 설치 노동자 홍 씨는 20년차 베테랑이라지만 올 여름에만 아찔했던 순간이 여러 차례 있었다고 합니다. 옥상에서 몇십 분 동안 작업하고 일어나니 하늘이 핑 돌았다고요. 방수 페인트가 칠해져 달궈진 옥상 바닥에 그냥 앉으면 엉덩이에 화상을 입으니까 쪼그려 앉아 작업할 수밖에 없겠죠. 『한겨레』 이주빈 기자는 홍 씨가 작업하는 바구니 모양의 통신선로용 고속작업차량을 타고 지상에서 4.5미터의 일터 온도를 측정했다는데, 글쎄 탑승기 안 온도계가 54도를 가리켰다고 하네요.

수많은 홍 씨들이 뙤약볕을 고스란히 받아들이는 전봇대와 방수 페인트가 칠해진 옥상과 달아오른 콘크리트와 쇠로 된 각종 공구와 부품 속에서 안전모와 마스크까지 쓰고 일합니다. 매일 바깥에서 일하니까 기온 변화를 누구보다 잘 느끼겠죠. 해마다 더워지는 여름을 겪어 온 그는 말합니다. "올해가 생애 가장 시원한 여름일 것"(『한겨레』 2021. 7. 29)이라고.

외항선 타는 선원들은 스스로를 "시간을 돈과 바꾼 사람"이라 했습니다. 정도의 차이일 뿐 모든 노동자들이 비슷한 것 같습니다. 시간을 돈과 바꾸는 일은 정년 퇴직도 없어요. 폐지 줍는 노인이나 실버 퀵, 노인 택배가 익숙해진 도시는 물론, 시골에서도 벌어야 먹고사는

70~80대 어른들을 흔히 봅니다. 옆집 아저씨는 농사지으면서 24시간 걸러 도시 아파트 경비실로 출근했었죠. 그 집에 새로 이사 온 분은 "이것저것 못 하는 거 없"다는 목수이자 장인인데, 용역사무소를 통해 막노동을 다닙니다. 자발적 선택이라기보다 내몰리는 편에 가까운 것 같습니다.

25년 전, 「자본론」이라는 시에서 백무산은 노동과 재산을 시간으로 환산한 적이 있습니다. "줄잡아 재산이 5조 원을 넘는"다는 '그'의 돈은 "일 년에 천만 원 받는 노동자 50만 년치에 해당한다"고 했죠. "한 인간"이 "50만 년이라는 인간의 시간을 착취했다"고. 대략 50년간 여덟 시간 일한다고 가정했을 때, '그'는 3만 명 몫의 시간을 비축하지 않았는가. 25년 후, '그' 비슷한 누구는 개인 소유만 '20조 원' 이상 남기고 죽었습니다.

10억 20억이라니, 아파트가 삶을 품는 집이 아니라 재산이 된 시대입니다. 열심히 일하고도 전·월세 사는 사람들은 그야말로 '벼락 거지'가 되었습니다. 백무산은 「노동자는 나이가 없다」라는 시를 통해 노동과 집의 상관관계에 대해 희극적으로 묻기도 했죠. "이십 년 가까이 일해서 마흔"에 "17평 아파트" 하나 장만해 "구년 부금 물고 나면 나이 오십" 되고 그때서야 부금을 다 갚습니다. "그동안 좀 모을 수 있을 테지/그러면 더 큰 그곳으로 갈 수 있을까" 궁리해 보지만 결국 헛된 꿈임을 깨닫고 "새벽일"을 나갑니다. 애들 다 가르치면 끝날 줄 알았던 일이 요양원 갈 때까지 지속됩니다. 불평등이 심해질수록 노동자는 더더욱 나이가 없어져 갑니다. 존엄한 노동과 고귀한 죽음은 여전히 헛된 꿈일 뿐인가요.

중남미 인디오 문화에서는 대지의 어머니를 '파차마마'라 부른답니다. 파차마마 속에는 대지가 숨겨 둔 씨앗이 들어 있다네요. 파차마마가 인위적인 직선과 분할과 개발 논리 앞에서 종적을 감추어 가고 있습니다. 많은 길들이 돈과 시장과 권력으로 통하고, 독점과 집중은 느낄 수 있을 만큼 심해지고 있습니다. 불평등의 심화로 훼손되고 파괴된 삶이 정상이 되어 버린 현대 문명의 참화 속에서 그 작은 씨앗 하나하나가 뭘 하겠나, 좌절의 시간이 길어집니다.

이 초유의 신자본주의가 판치는 유용과 소비의 세상에서 쫓기면서도 성실하게 출근하며 나를 착취해 달라고 구걸하듯 살아가는 길 외에는 달리 살아 볼 방도를 찾기 힘든 세상이 되어 가고 있습니다. 궤도에서 이탈하면 낙오됩니다. 기차는 계속 달리지요. 예속의 삶도 지속됩니다. 다른 길은 없다는 공포 혹은 포기를 심어 놓은 온갖 교육과 문화의 잔재물이 우리 안에서 파시즘으로 숨 쉽니다. 사면초가입니다.

갈수록 '살인적인 불균형'으로 치닫는 우리 사회를 실천적으로 재해석하고 자기 자리에서 뭔가 해 볼 수 있는 여지가 있다면 희망이 있는 것 같습니다. "현실 속에서 고통받는 사람들 편에" 서야 한다는 육성이 들리는 동안은 아직 지옥은 아니겠지요.

내년은 물론이고 오늘 하루도 알 수 없는 삶 앞에서 문학은 답이 아니라 세계가 던지는 질문에 가까운 듯합니다. 이제라도 경쟁 대신 우정과 나눔과 환대라는 친구를 불러들여 함께 살고 함께 죽는다면 지옥이라 할지라도 춤추며 기꺼이 그 순간을 견딜 수 있지 않을까요.

봇짐

⌣

　노란 주전자에 새알 가득 든 동지팥죽을 들고 열여덟 살 여고생은 엄마 심부름을 가던 중이었습니다. 밤은 추웠고 길은 약간 미끄러웠습니다. 목포예식장을 휙 지나쳐 가다 여고생은 뒤돌아보았습니다. 뭔가가 그녀를 잡아끈 것이죠. 한 손으로 봇짐을 꼭 안은 여자가 목화송이 같은 눈을 한 손으로 받고 있었습니다. 자석에 이끌리듯 걸인 여자에게 맞은편 포장마차를 가리켰습니다.

여자는 군말 없이 따라와 여고생과 함께 오뎅과 붕어빵을 먹었습니다.

여자 입에서 칙칙폭폭 칙칙폭폭 소리가 느닷없이 흘러나왔어요. 기차역은 한참 더 가야 하는데, 아아앙 아아앙 으버버 으버버 칙칙폭폭…. 봇짐을 아기처럼 꼭 껴안고 우는 여자의 말을 여고생은 알아들었습니다. 몇 년 전, 기차역에서 아기를 뺏긴 여자가, 눈 맞으며, 눈에 눈물 가득 달고, 아직도 기차역에 서 있는 것입니다.

걸인 여자를 목포역에 데려다 놓고 기다리라고, 한 시간만 기다리면 반드시 데리러 올 거라고 손가락을 걸고 당부하던 여고생은 쌩하니 달려갔습니다. 시집간 언니 집에 노란 주전자를 배달하고 다시 쌩하니 달려 친구를 찾아갔죠. 친구 아버지가 교회 장로인 데다 무슨 요양시설인가 복지센터인가를 운영한다고 들었기 때문이었죠.

아무래도 무리였던가 봅니다. 밤 9시가 넘은 데다 친구는 뭔가를 부탁할 만큼 아버지와 친하지도 않았습니다. 방법은 하나뿐이었어요. 여고생은 역에 들러 여자를 데리고 식구들 몰래 자신의 방으로 잠입하는 데 성공

했습니다. 밥과 국과 반찬을 몰래 퍼다 먹이고 소곤소곤 이불을 덮고 자려는데 결국 엄마에게 들키고 말았습니다. 엄동설한에 여자는 밖으로 쫓겨났어요. 미친년 재우다 불이라도 내면 어쩌느냐는 게 이유였습니다. 덩달아 여고생도 한동안 '미친년'으로 불렸어요.

〰

몇 년 전 중년 여자는, 히말라야에서 내려오는 길, 루크라 언덕에서 성모를 만났습니다. 은빛 눈으로 빚은 태양을 이고 오는 것처럼 멀리서도 환하게 빛났어요. 아 성모구나, 중년의 여자는 자기도 모르게 속으로 중얼거렸습니다. 그녀와 몇 뼘 거리로 마주쳤을 때 그제야 성모 등에 실린 커다란 짐이 보였습니다. 걸망 같은 회색의 커다란 봇짐, 짐을 내려놓은 성모와 가게 앞에 걸터앉아 맞담배를 피웠습니다. 성모는 잘 웃었습니다.

하필이면 아프거나 미친 여자 앞에서 빈약한 젖가슴이 부풀어 오르는 건 아직 남아 있는 그 여자의 지병인가 봅니다. '누덕누덕 뱃구레가 두툼한 성모는 지금 배가 고파', 중년 여자는 부끄러움을 무릅쓰고 한 평짜리 가게에 들어가 비싼 비스킷을 샀어요. 제 키보다 높은 짐을 이고 어린 예수들이 그 높은 산꼭대기까지 져 나른 무거운 양식이었죠.

웃으며 몇 번이나 여자에게 되돌려주던 성모는 천천히 종이 포장지를 벗겼습니다. 그런데 이게 무슨 일입니까. 종이 껍데기는 자기 품에 담고 과자가 든 은빛 알맹이는 중년 여자에게 주는 게 아니겠어요. 웃으며 중년 여자는 성모에게 알맹이를 되돌려주었죠. 몇 번이나 은빛 과자 종이는 빛나며 공중을 오갔습니다. 이윽고 성모는 은빛 헤쳐 노릿노릿한 살덩이를 꺼내더니 웃으며 그녀 입에 넣어 주었습니다. 여자도 성모 입에 과자를 넣어 주었습니다. 성모가 사팔눈으로 웃었어요. 잘 구워진 살덩이 씹으며 중년 여자도 웃었지요. 하나둘 아이들이 둘 주위를 에워쌌습니다. 성모는 아이들 하나하나의 손에 과자를 쥐어 주었습니다. 성체를 씹는 아이들을 보며 성모가 웃었어요.

성모가 중년 여자 손을 잡아 이끌었습니다. 땟국 전성모 손을 따라 여자 손은 오랫동안, 어쩌면 이천 년 동안 배고픈 따스한 얼굴에 머물렀습니다. 중년 여자는 촌락과 공동체가 아직 살아 있던 어릴 때 동네에서 '미친년'이라 불리던 성모를 확연히 기억하고 있었죠. 아플 때 울어 주고 남들이 죽어 갈 때 통곡하며 어버버 울던 성모를.

～～～

나그네 하나가 바랑 같은 봇짐 하나 메고 이른 아침 장년이 된 여자의 오두막집에 당도했습니다. 나그네는 서울, 인천, 안산과 금성, 안드로메다 어디 어디를 돌다가 왔답니다. 그는 하룻낮과 하룻밤, 그리고 다시 하룻낮을 보내며, 먹고 자고 걷기만 하다, 왔던 그대로 봇짐 하나 어깨에 메고 해거름에 또 다시 길을 떠났습니다. 다음 날 밤, 발신지가 '팽목'으로 되어 있는 메시지가 도착했습니다. "인천항에서 낯선 이 포구까지 오는 데 수십 일이 걸렸다"는 메시지. 장년이 된 여자는 그의 메시지에 시로 답했습니다.

인천항에서 낯선 이 포구까지

오는 데 수십 일이 걸린 데다

그 사이 몸은 다 식고

손톱도 다 닳아졌으니

삼도천이나 건넜을까 몰라

구조된 것은 이름, 이름들뿐

네 누운 이곳에

네 목소리는 없구나

집에 가자 이제

집에 가자

— 김해자, 「피에타」 전문

3 부

＊

방주에 실린 해피랜드

한 사람이
왔다 간
자리

11월 초, "당분간 휴간하기로 한다"는 편지와 함께 도착한 『녹색평론』181호와 창간호를 나란히 놓고 보고 또 보며, 한 사람이 이 세상에 왔다 간다는 것에 대해 생각합니다. 코로나로 치료센터에 있다는 후배 전화를 받은 아침, 창간사의 첫 문장 "우리에게 희망이 있는가?"에서 목이 멥니다.

제게 『녹색평론』은 수많은 잡지 중 하나가 아니라 숨

통 그 자체였어요. 저만이 아닐 거예요. 좁아터진 방, 책상 밑과 여기저기에 『녹색평론』이 쌓여 있는 것을 친구 집에서도 봤으니까요.

민주 정부가 서고 코로나 국면이 되어서야 수면 위로 떠오른 지역화폐, 기본소득, 시민의회, 추첨과 숙의민주주의와, 소농과 협동자치를 결합한 현장에 기반한 대안들을 발견한 것도 『녹색평론』에서였습니다. 진보와 발전이라는 근대의 기획에 포획되어 회생 불가능할 정도로 망가져 가는 죽임의 문화를 되돌리고자 고투하는 '공생의 윤리' 속엔 삼라만상 생명에 민감하게 교호하는 영혼의 절박한 호소가 느껴졌어요. 김종철 선생이 사재를 털어 가며 고민하며 찾아보고 청탁하고 번역도 해 가며 29년 동안 한 번도 거르지 않았던 이 책들은 제 자리를 희망의 장소로 만들어 간 거대한 나무이자 그 나무들이 모여 이룬 숲 아닌가 싶습니다.

올가을 강릉에 가는 길이었습니다. 순식간에 앞이 안 보였습니다. 환한 전깃불이 끝없이 도열된 진부터널을 지나자마자였습니다. 어둠의 실체가 안개였음을 깨닫는 데는 몇 초가 필요했습니다. 정말이지 말 그대로 앞

이 하얬습니다. 분명 하얀데 어둠 속으로 빨려 든 듯했
죠. 어둠이 덮쳐 왔다 해야 할까요. 일시에 모든 차들이
멈추는 것 같았습니다. 예외가 없었습니다. 버스도 승
용차도 견인차도 중장비차도 앰뷸런스도. 대관령 진부
령 등성이 몇 지나며 귀는 먹먹해져 있었고, 꽃등 밝히
는 가을 단풍에 취한 눈은 안개에 익숙해지지 않았습니
다. 터널 밖은 몹시 짧았고, 안은 무덤 속 같았습니다.
터널은 연이어졌고 터널 안까지 점차 안개가 가득 찼습
니다. 안개는 점점 짙어졌고 갈수록 칠흑 같았습니다.
나중에는 안과 밖이 분간되지 않았습니다.

하얀 것이 검은 것과 한통속인, 안 보이는 길 위에서
저는 간절히 바랐습니다. '모두가', '동시에' 멈춘다면 얼
마나 좋을까. '잠시만 멈춰 서서', 안개가 걷히길 기다릴
수만 있다면. 하지만 멈출 수 없었습니다. 비켜나 갓길
로 피할 수도 없었습니다. 보이는 것이라곤 깜빡깜빡 뒤
를 비추는 앞차의 경고등뿐. 그 조그만 등잔불 같은 게
등대 같았지요. 보이다 안 보이다 깜박거리는 경고등을
따라 앞으로 가는 수밖에 없었습니다. 제로에 가까운 속
도로, 일제히 몸 숙이고 따라가는 길이 거대한 장례식

행렬 같았습니다.

길이 안 보이고서야 우리가 아주 오랫동안 길을 잃고 있었음을 새삼 알아차렸습니다. 가장 가까운 도피처, 절망이라는 안개 속에 숨어 있었다는 것을. 당분간 아무것도 하지 말고 쉬세요, 손쉬운 의사의 처방처럼.

김종철 선생님이 졸지에 가시고 나서 한동안 그와 관련된 책을 들춰 볼 수가 없었습니다. 때로 안개 같은 막막한 심정 속에서 저도 모르게 아버지라는 말이 입에서 튀어나오기도 했어요. 일 년이 지나고 나서야 거리두기와 투병이라는 기이하고 우울한 상황에서 다시 선생의 말씀을 듣기 시작합니다. 『근대문명에서 생태문명으로』와 『대지의 상상력』 등을 머리맡에 두고 아무 데나 펼쳐 때로 선생의 글을 필사하며 정신을 차리려고 노력도 해 봅니다. 무엇을 해야 할까요, 아버지. 바이러스가 변이를 거듭하고 홍수와 폭설과 가뭄이 동시다발적으로 일어나 세계의 곡물 값이 치솟고 있습니다.

미래를 묻는 제게 선생은 희망을 가리킵니다. 미래는 없다고. 희망만이 있을 뿐이라고. 아버지와 어른은 나이가 아니라 실천으로 만들어진다는 걸 보여 주신 선생은 매우 단순한 길을 가리킵니다. 흙과 대지에 젖줄을 대고 살아가는 사람들 속에서 사람됨의 희망과 아름다움을 만들라고. 인간이 제아무리 잘나고 과학기술이 발전했다 해도 인간은 이 거대한 자연 중의 일부에 불과하다고. 대지에 대한 불경을 거두고 어린애처럼 흙과 놀라고. 농부처럼 흙에 엎드려 일하면서 겸손을 배우라고. 이웃과 어울려 나눠 먹고 일하면서 공생공락을 배우지 않으면, 방역과 백신만으로 어찌 세상을 살리겠냐고. 절망은 가장 손쉬운 처방이라고. "희망(hope)과 기대(expectation)를 구분하라"고.

∽

고등학교 때입니다. 이십 대 중반쯤 되었을까, 아주 예쁜 국어 선생님이 부임해 오셨죠. 그분은 저와 친구들을 하숙집에 데려가곤 했는데, 밥이나 튀김, 만두를 먹으며 책 이야기를 하다 간혹 빌려주기도 했죠. 그중 가장 기억나는 책은 리처드 바크의 『갈매기의 꿈』과 칙칙한 벌레들 사이에서 노란색 날개가 압도하는 『꽃들에게 희망을』이었습니다.

'더 나은 삶 — 진정한 혁명'이란 부제가 달린 책 속 주인공 호랑 애벌레는 사방에서 떠밀리고 차이고 밟히면서 꼭대기까지 올라갑니다. 밟고 올라가느냐, 발밑에 깔리느냐, 두 가지 선택과 결과만 존재했어요. "네가 올라가느냐, 아니면 내가 올라가느냐?"엔 애인도 예외가 아니었죠. 높다란 기둥에 다닥다닥 붙어 오르려 애쓰는 모습이 고딩인 내게 일대사 질문을 던졌습니다. "저 애들이 무얼 하고 있는지 아니?"의 '저 애들'이 바로 '내'가 되었어요. 친구들과 돌려 읽으면서 당시 '기둥' 중 하나로 여기던 대학에 가지 않겠다 선언하고 말았고, 그 다짐은 고3이 될 때까지 유효했습니다.

생존경쟁의 기둥을 떠나 털투성이 자루에 갇혀 고치를 틀고 나비가 되는 게 구체적으로 무엇을 의미하는지 몰랐어요. 하지만 나비가 되어 땅과 하늘을 연결시키고, 이 꽃에서 저 꽃으로 사랑의 씨앗을 날라다 주는 나비가 아름다워 보였어요. 기어오르는 것과 나는 것은 차원이 다르니까. 그 후 40여 년간 '꽃들에게 희망을' 주는 사람들이 의외로 많다는 걸 경험했죠. 선생이나 교수나 평생 미장이나 미싱사, 보일러공, 작가와 농민도 있었으니, 나비는 지위가 아니라 태도에 가까웠던 겁니다. 더 나은 삶은 '내'가 아니라 '사이'에서 탄생하는 삶이고, 그런 삶이야말로 진정한 혁명이었습니다. 김종철 선생은 말합니다.

희망이란 '자연의 선량함'에 대한 근원적인 믿음에서 우러나옵니다. 반면에 기대는 인위적으로 계획하고 통제한 것에 따른 결과에 대한 의존을 말합니다. 아까 말한 그거예요. 낮 12시에 어디로 가면 국수가 나오고 밥이 나온다, 이건 기대예요. 몇 월에 국가예산이 집행되면 영세민들에게 지급된다, 이게 기대예요. 그런데 희망은 예측 불가능한 거예요. 자연의 선량함이라고 했을 때 그 자연에는 당연히 인간도 포함되어 있거든요. 자연세계 혹은 그 일부인 인간에게 어떤 일이 벌어질지, 한 시간 후에 무슨 일이 발생할지 사실 아무도 모릅니다.

그러나 자연과 인간은 기본적으로 선한 것(goodness)이라는 믿음이 있기 때문에 우리는 예측은 할 수 없지만 희망을 갖고 사는 거죠. 조물주가 만드신 거니까 그런 근원적인 믿음이 가능한 거죠. 그러니까 희망에는 늘 놀람, 경이로움이라는 체험이 수반되는 거예요. 강도질을 당하고 길가에 피를 흘리고 쓰러져 있던 사람이 정신을 차렸을 때 사마리아인이 자기를 구원해 줬다는 것을 알고는 얼마나 놀랐겠습니까? 너무나 뜻밖의 일이니까. 이건 시스템에 의해서는 절대로 가능하지 않은 현상이에요. 그 놀랍고 경이로운 일이 결국 인간을 들어 올립니다.

— 김종철, 『근대문명에서 생태문명으로』 중에서

"이반 일리치만큼 살 수 있을까?", "일흔일곱 살까지만 살 수 있으면 좋겠다"던 생전 선생님 모습이 떠오릅니다. 선생은 지금 바로 이 자리에서 '기대보다 희망을' 만들어 내길 촉구합니다. 선생은 투쟁 중이나 단식 중이나 사람을 만날 때에도 손에서 물레를 놓지 않았던 간디를 빌어 간절히 말합니다. "지구는 모든 사람의 기본 욕구를 위해서는 풍요로운 곳이지만, 인간의 탐욕을 충족시키기에는 턱없이 부족한 곳"이라고. "모든 사람이 장

기적인 지속성의 토대 위에서 차별 없이 행복한 삶을 누리려면 '고르게 가난한 사회'에 대한 비전 없이는 불가능"하다고. '고르게 가난한 사회'는 "어떤 형태로든 농업 중심의 순환적 생활 방식에 토대를 둔 사회"여야 한다고. "척결해야 할 것은 세계의 '낙후된' 사회의 가난이 아니라, 세계의 '선진' 사회의 풍요로움"이라고. 그래서 자치와 협동과 공동체를 만들어 가는 일이 시급하다고.

〰

2020년 5월 24일, 그러니까 돌아가시기 한 달 전 선생은 글을 쓸 만큼 건강이 허락하지 않은 상황에서 '벗들에게'란 제목을 달아 일지를 보내 주셨습니다. 그중에는 코로나로 인한 격리 혹은 거리두기로 사람을 만나지 못하게 되는 상황에 대한 진술도 있습니다. "이 상황은 적어도 내가 태어나 지금까지 살아오는 동안에 한 번도 경험하지 못한 특이한 상황이다. 이로 인해 조만간 닥칠 현실을 지금 구체적으로 상상하는 것은 물론 쉬운 일이 아니지만, 막연하게나마 심히 두려운 느낌이 드는 것은 어쩔 수가 없다. 30년 전『녹색평론』을 시작할 때, 나는 내가 예상하는 불길한 미래가 이런 식으로 전개되리라고는 전혀 생각하지 못했다"는 것이었죠. 우리가 파헤치고 파괴한 자연과 동식물이 돌아와 우리를 가두고 있으니 그것을 벗어나는 것 또한 다른 생명체와 연동해 생각해야 되지 않겠냐고. 사람은 물론이고 살아서 파묻혀 버리는 동물들의 원한과 슬픔을 떠올리지 않고서 어찌 희망을 떠올릴 수 있겠습니까.

저는 희망합니다. 속도와 경쟁으로 숨막히는 일상을 살아가는 어린 세대들의 미래를 지금이라도 전환적으로 고민하게 되기를. 사회적 약자들이 참여하는 직접민주주의를 당장에라도 실천해 가기를. 저는 자연과 이웃을 접하고 사랑하며 사는 인류를 꿈꿉니다. 저는 마을회관에 앉아 있는 노인과 서울역 앞에서 밥을 기다리는 노인과 취업 준비하며 컵밥을 사 먹는 청년들이 정치 현안에 의결권을 가지고 투표하는 직접민주주의를 꿈꿉니다. 모두에게 추첨권을 줘서 공평한 권한을 주고 스스로 선택할 수 있는 추첨민주주의 말입니다.

월세에 쫓기고 배달 물량에 쫓기는 평민의 삶을 실감

하기엔 관료 혹은 정치가들이 너무 높아져 버렸습니다. 너무 가진 것이 많아져 버렸습니다. 전문가가 되어 자리 하나 차지하고 서류로만 세상을 읽어야 하는 15층이 지하 원룸의 곰팡이를 느끼기엔 너무 멉니다.

"지금 인류에게 필요한 것은 에피메테우스지 프로메테우스가 아니라는 거죠. 이것은 끝없이 앞으로만 돌진하다가 지금 생태적 파국이라는 벼랑 끝에 도달한 산업 문명의 행로를 들먹일 것도 없이 분명한 사실"이라는 선생의 말씀이 들립니다. 프로메테우스처럼 앞을 내다보는 만큼, 에피메테우스처럼 끊임없이 뒤를 돌아보는 지혜로움에 대해 생각하라고. 너무 오래 처박혀 있어 찾아내기도 쉽지 않습니다. "조상들의 경험과 지혜를 완전히 무시하고 늘 현대적인 첨단 논리만을 좇다가 다다른 귀결점이 어디인가를 생각하면 프로메테우스의 영웅화가 더 이상 설득력이 없다"는 자명한 결론이 나옵니다. 판도라의 상자를 열어 버린 이상 우리는 다시 그 판도라에 대해 숙고할 수밖에 없습니다.

재앙과 희망에 대해 말하는 선생의 절박한 목소리를 듣습니다. 병과 재난과 경쟁과 과로 등 수많은 것들이 들어 있는 판도라 속에, 그러나 희망도 들어 있습니다. 선생은 말합니다. "판도라의 상자에 희망이 남아 있다는 게 얼마나 축복이냐"고. 그리고 "판도라가 내놓은 질병이 만약 인간 사회에 없다면 그게 인간 사회로서 성립할 수 있는지 생각해" 보라고. "병이 없는 세상이 과연 인간 세상이냐"고. "사실 가만 생각해 보면 이 세상이 병이 있고 고통이 있기 때문에 완벽한 거"라고. 계획이나 이해타산 없이 타자를 돕는 놀랍고 경이로운 일이 결국 인간을 들어 올린다는 선생의 말씀에 고개를 끄덕입니다.

안개 속에서 하얀 어둠 속을 기어갑니다. 깜박깜박 뒤를 밝혀 주던 당신을 따라, 바짝 붙어서 따라갈 수 있었던 당신 불빛처럼, 제 바로 뒤에 우리들의 희망이 따라오고 있으니까요. 병조차도 이유가 있어 찾아왔으니 받들어서 동거하겠습니다. 병들어 삶이 간절함을 알고 아픈 사람들의 고통도 공감하게 되니 이 또한 축복입니다.

뒷산에 올라 설한 속에서도 숱한 솔방울들을 매달고 있는 소나무를 봅니다. 언젠가 선생이 쓰셨던 '수하(樹

下)'가 떠오릅니다. 후배 앞으로 성큼 다가와 환히 웃으며 손 내밀던 소탈한 모습과, 유머와 웃음이 끊이지 않던 선생과의 밥상들도 지나갑니다. 거리두기라는 기이한 상황에서야 선생이 간절하게 전하고 싶었던 메시지는 소박한 것이었음을 알겠습니다. 폼 잡지 않고 가까운 사람들 챙겨 주며 공양하고 공경하며 살라는 것. 그 단순한 것조차 못 하는 시대를 통과하며, 돌아가시기 두 달 전, "이 세상에서 가장 무서운 것"은 "탐욕이라는 바이러스"라 일갈하던 육성이 들리는 듯합니다.

모든
언더그라운드를 위해
건배

      대학 4학년째 가을, J는 방이 생겼죠. 그 방은 주인집 좌우로 닭장들이 늘어서 있고 계단을 올라가면 좁은 복도에 쪽방들이 다닥다닥 붙어 있었어요. 옛날 어진내라 부르던 인천(仁川). 효성동, 청천동, 가정동, 송림동, 송현동, 학익동 등 벌집 전전하며 J는 컨베이어 벨트 앞에 앉아 오디오에 나사를 박거나 계산기에 라벨을 붙이거나 포장 일을 했죠. 그중 거의 A급 기술에까지 이른 건 옷 만드는 일이었는데, 일주일에 두 번 철야하고 수요일 빼곤 거의 야근했어요. 박카스를 마시지 않으면 눈이 안 떠지고, 타이밍(각성제)을 먹지 않으면 아차 하는 순간 바늘에 찔렸죠. 미싱대에 머리를 처박은 채 못 깨어나거나 스르르 떨어지는 미싱사도 있었어요.

지금도 청천동 콘크리트 건물 밖에는 플러그 뽑힌 채 장대비에 젖고 있는 도요타 미파 브라더 싱가 미싱들이 서 있죠 나오다 안 나오다 끝내 끊긴 황달 든 월급봉투들 무짠지와 미역냉국으로 빈 배 채우고 있어요 얼어붙은 시래기 걸려 있는 담 끼고 굽이도는 골목 끝, 아득하고 고운 옛날 어진내라 불리던 인천 갈산동 그 쪽방에는 연탄보다 번개탄을 더 많이 사는 소녀가 살고 있네요 야근 마치고 돌아오면 늘 먼저 잠들어 있는 연탄불 활활 타오르기 전 곯아떨어지는 등 굽은 한뎃잠

배추밭에 배추나비 한가로이 노닐던 가정동 슬라브집 문간방에는 사흘 걸러 쥐어터지던 붉은 해당화가 울고 있어요 지금도 들리는 아이 울음소리 듣지 않으려 귀 막고 이불 속에 숨어 있다 저도 몰래 뛰쳐

나가 패대기쳐진 여인과 아이와 한 덩어리 된 어린
여자 눈물방울이 아직도 흙바닥에 뒹굴고 있을까
— 김해자, 「어진내에 두고 온 나」 1, 2연

스물셋부터 시작한 일이 서른 중반까지 이어졌어요.
J는 많은 동료 스승들을 현장에서 만났죠. 늦게 시작했
으니 기술은 당연히 달렸고, 참을성도 인생 경험도 잔뼈
굵은 의리에서도 J는 그들에 못 미친다고 느꼈어요. 가
르치고 의식화하겠다, 덤빌 주제가 못 되는 걸 너무 일
찍 알아채 버린 J는 그냥 일개 노동자로 살았죠.

그 스승 중 하나는 미싱에 앉았다 하면 날개가 달린
것처럼 손이 민첩하고 검소하고 겸손하기까지 한 억척
배기 반장이었다네요. 배가 미싱판에 닿도록 일하다 산
통이 와 그날로 아이를 낳은 그 억척이를 몇 년 후 찾아
갔더니 지하방에 살고 있었다는군요. 함께 일할 때 낳은
아이가 자라 실밥을 따고, 그 사이 낳은 둘째는 먼지 날
리는 원단 조각과 솜뭉치 속에서 자고 있었다고. 디자인
을 훑어만 보고는 반나절도 안 되어 완제품을 만들어 내
던, 대기업 본사 샘플사보다 뛰어난 실력을 가진 그 친

구는 주머니와 소매 등 부속품들을 납품하며 살고 있었다는군요. 대금을 미루다 떼먹기 일쑤인 본청에 골머리 앓고 있었다고.

올봄 J에게 어느 청년이 시를 배우겠다며 왔다지요. 종이에 볼펜 대신, 칼라나 소맷부리가 빳빳하라고 넣는 풀 먹인 심지 위에 초크로 시를 쓴 J에게 말입니다. 아버지와 고모가 미싱사였다는 그 청년은 알바와 알바 사이 김밥과 초코파이로 때운다고 해요. 새벽에 돌아간 반지하 원룸에서 배고프면 밥에 짜장 비벼, 반찬도 없이 물만 놓고 먹는대요. 수업이 끝나던 날 그 청년이 봉투를 내밀었다죠.

"제가요, 얻어만 먹어서요, 마지막 날은 제가 꼭 대접하고 싶어서요⋯."

알바를 세 탕이나 뛰며 공부하는 그 청년이 내민 봉투를 보니 12만 원이 들어 있었다는군요. 하루 3천 원씩 40일을 모았대요.

희한하기도 하죠. 열심히 달려왔는데 아직도 그 자리에 있다니. J가 살던 닭장집과 지하방에 다른 누군가가 살고 있다니. 잔업 150시간. 월세, 밥값, 전기세, 물세 물고 나면 버스표 몇십 장 뒹굴던 시급 400원짜리 J가 살고 있다니. 푸른 작업복에 떨어지는 핏방울들. J 대신 다른 J들이 아직도 머리채 잡혀 끌려가고 있다니요. 앞으로 달려온 줄만 알았는데 러닝머신 위에서 뛰고 있었다니. 제자리를 지키면 살 거라 믿은 백성들의 배를 모는 자가 권력과 자본과 비리와 거짓을 합체해 만든 얼굴 없는 귀신들이었다니. 타인의 고통을 느끼지 못하는 자들 앞에 바쳐진 제삿상에 수저를 얹어 주고 있었다니요.

교도소가 마주 보이던 학익동 모퉁이 키 낮은 집 흙벽 아궁이가 있던 옛 부엌엔 전단지 속 휘갈긴 어린 해고자 메모 '배가 고파요 이렇게 살고 싶지 않았어요' 애호박 몇 조각 둥둥 떠다니는 밀가루 죽이 아직도 부글부글 끓고 있는 효성동 송현동 송림동 바람 몰아치던 주안 언덕배기 그 작고 낮은 닭장집 창문마다 한밤중이면 하나둘 새어 나오는 쓸쓸하고 낮고 따스한 불빛

이상하기도 하죠 스무 해 전에 도망쳐 왔는데

아직도 내가 거기에 있다니
내가 떠나온 그곳에 다른 내가 살고 있다니요
푸른 작업복에 떨어지는 핏방울
아직도 머리채 잡혀 끌려가고 있다니
앞으로 달려온 줄만 알았는데
제자리에 선 뜀박질이었다니요

— 김해자, 「어진내에 두고 온 나」 3, 4연

하수구가 집안으로 넘쳐 시꺼먼 물을 퍼내고 있던 과거의 J가 청년에게 말을 겁니다. 곰팡이가 날마다 영토를 넓혀 가고 있는 반지하에 사는, 딸뻘인 청년의 귀에 대고 말을 듣습니다. 물이 뚝뚝 흘러내리는 네 거처는 지하구나. 땅 밑에서 솟아 나온 물고기들이 겨드랑이를 간질이며 놀고 있구나. 곰팡이는 잘도 퍼져 나가는구나, 들불처럼. 벽과 천장은 화폭, 검은 그림들이 완성되어 가고 있구나. 푸른 종이에 흰 글씨, 거품 물고 출렁이는 종이를 두드려 대는 파도처럼, 허공을 찔러 대는 화살촉가는 나뭇가지처럼, 네 무기는 몸뚱이와 펜, 창 없는 방에 창을 새겨 넣는구나. 너의 펜은 새의 부리, 닫힌 하늘을 두드리는 망치가 되었구나. 빛이 새어 들어올 구멍 하나 뚫고 있구나. 너를 키운 건 어둠, 물 위의 잠 속에서 미모사처럼 손을 뻗고 있구나. 그래, 화장한 행복보다 있는 그대로 맨 얼굴을 믿어 우리는 따뜻하구나, 배부르구나. 거품 속 헛도는 희망보다 불행이 우리를 일으켜 세웠구나.

누르면서 누리는 자들의 파렴치와 몸서리치는 아수라장에서도 J가 절망하지 않는 이유는 그가 만난 스승들 때문인지도 모릅니다. 가진 게 없고 못 배웠어도 그들은 쌈박하고 염치가 있었다고 했죠.

"사드 옮겼다매? 거그도 성주잖아. 여서 싫다 했는데 거그서는 좋다 한다꼬? 내 싫은 거 옆집에 줘 놓고 좋다 한데이. 이놈의 시끼 인간이 되나?"

노한 음성으로 질타하는 지극히 상식적인 태도와 행동하는 양심 말입니다. 지도자들은 가르치려 들 게 아니라 일개 시민인 그들에게 배워야 했던 겁니다.

J는 표정도 얼굴도 없이 달콤한 미래를 약속하는 국가에게도 말을 겁니다. 한자리 꿰차는 순간 냄새를 풍기기 시작하는 혁명보다, 지금 여기 숨 쉬는 목숨 옆에 잠

시만 누워 달라고. 지상에 높이 솟은 빌딩들에게도 말합
니다. 내 불행으로 옆 불행의 손을 잡았으니 가여워하지
말라고. 고통을 딛고 고통을 넘어서고 있다고.

"그래 좋아. 이 지하방에서 다시 시작하자."

청년 J를 따라 저는 나지막히 속삭입니다. 어둠 속에
서 쓸쓸하고 낮고 따스한 불빛들을 밝히는 이 모든 언더
그라운드를 위해 건배!

오늘 하루

하늘에 달력이 떴습니다. 달은 공중에 항상 있어도 올려다보는 이에게만 보입니다. 구름 낀 밤하늘엔 애써 찾는 이에게만 달이 살짝 보입니다. 송편이 둥그런 빈대떡이 되었군요. 저 달이 어렸을 때 마당 멍석 위에서 본 그 달이 맞나 싶습니다. 강강술래 돌며 올려다보던 그 달과 같을까 생각합니다. 달이 가고 해가 갈수록 흐릿한 달, 월급과 월세와 월말 정산의 기준이 되어 버린 달이 조용히 떠 있습니다.

철들 때부터 들어온 '신'이란 자의 얼굴을 본 적이 없어, 이대로 가다간 신의 발꿈치도 못 보고 갈 것 같아서 오늘 밤 저는 달을 신이라 생각하고 싶습니다. 달밤에 물 한 대접 떠 놓고 기도하던 어머니 머리 위에 있는 달이 천지신명이 아니면 뭐겠습니까. 친구와 이웃들이 천지신명의 다른 얼굴이 아니라면 대체 뭐겠나요. 신은 압력, 밀도 높은 힘에 못 이겨 겨자씨보다 작은 점 하나가 폭발하여 두루두루 퍼진 거 아닐까요.

월화수목금토일이 걸어가 한 달을 낳았습니다. 사라진 듯 어둠 속에 묻힌 달이 차오르며 다시 보름달이 되었습니다. 이지러지며 다시 어둠이 되는 달이 걸어간 길이 한 달이 되었습니다. 한 달이 다음 달에게 다리를 놓아 주어 한 해가 되었습니다. 저 또한 해와 달의 운행에 따라 피고 지는 한해살이풀입니다. 심지 않아도 작년이 뿌려 놓은 씨가 자라 어김없이 자라나, 나 금잔화예요, 나 봉숭아예요, 나 채송화예요, 새 봄엔 얼굴을 내밀 것입니다. 태양이 어김없이 오른쪽 방향으로 하루에 일 도씩 옮겨가 종국엔 한 해가 종결될 겁니다. 삶은 머물러 있지 않습니다. 지금 내가 고민하고 쓰는 것은 이미 과거에 있었던 것. 내일 아침이 되어야 오늘 마신 술의 결과가 나타나는 것처럼. 지난밤의 천국이 오늘 아침의 지옥이라는 걸 알게 되는 것처럼. 지나온 월화수목금토일의 길에서 만난 삼라만상과 모든 사람들이 제 스승이 되었습니다.

거저 주어졌던 한 주일이 돌아가고 새로운 주일이 다시 펼쳐지고 있습니다. 그렇게 수없이 경험하고도 월화수목금토일이라는 게 마법에 걸린 듯 신기하고 늘 설렙니다. 물과 빛을 버무려 놓은 듯한 월요일의 달을 보며 어머니의 은혜를 생각합니다. 불타는 화성을 보며 공의로운 세상을 위해 싸우다 이름 없이 사라진 전사들과 사랑하는 사람들을 떠올립니다. 재빠르게 운행하는 수성을 보며 우리 머리 위를 항상 비쳐 주는 지혜에 귀 기울이길 소망합니다. 과녁을 향해 화살을 쏘는 의연한 궁수, 목성을 보며 자비롭게 성장하는 나무처럼 살기를 소망합니다. 흐릿한 불빛을 들고 있는 지혜로운 노인 같은 토성을 올려다보며 제 인생에 치러야 할 숙제를 떠올립니다. 힘들게 겪은 후에야 도래하는 토요일을 생각합니다. 공짜로 다가온 모든 오늘들에게 기도합니다. 제 앞에 보이는 생명들과 저를 있게 하고 살게 하는 모든 생명들에게 감사드립니다.

　오늘 아침 눈 뜨고 숨 쉬고 있음에 감사드립니다. 쉴 새 없이 달려와 정수리에 닿고 있는 공중과 강과 대지에 차별 없이 내리쪼이는 무량한 빛에 감사드립니다. 변함없이 우리를 굽어보시는 넓디넓은 하늘과, 콩 심으면 콩잎 올려 주고 옥수수 알 심으면 옥수수 잎사귀 틔워 주시는 따스하고 정직한 어머니, 우리 모두의 대지와 보드라운 흙에 엎드립니다. 생명을 담고 있는 모든 씨알과 세상의 암컷과 수컷, 남자와 여자들에게 경배합니다. 어둠 속에 뿌리를 묻고 공중으로 힘차게 팔과 머리 뻗어 올리는 누런 보리와 고구마순과 하얗고 붉은 감자꽃과, 쑥과 씀바귀, 고들빼기에게 절합니다. 그들은 서로 싸우지 않고 아무것도 요구하지 않으며, 주는 줄도 모르고 다른 생명에게 스스로 몸을 내어 줍니다. 나무와 풀에 깃든 나비와 벌과 새와 풀벌레 소리, 천지간 삼라만상에 감읍하기를. 마른 대지와 어린 콩잎을 적시는 단비에 입 맞추고, 토마토와 고춧잎을 흔드는 바람의 숨결에 감사드립니다.

우리가 세상에 올 때 거저 가져온 몸뚱이처럼, 거저 주어진 것들은 다 거룩하고 소중합니다. 저 광활한 하늘과 대지와 시내와 강이 다 공짜입니다. 하늘이 거저 주신 모든 생명이 기적입니다. 어머니의 실핏줄인 강과 팔다리인 나무와 풀이 다칠세라 살금살금 걸어 다니게 하소서. 대지에 생긴 상처가 아물 수 있도록 함부로 파헤치지 않게 하소서. 찍어 내리지 않게 하소서. 가르고 파고 파묻고 죽여도, 아프다 소리 한번 지르지 못하는, 배를 뒤집고 죽어 가는 고물고물한 어린 것들 앞에 고개 숙이게 하소서. 먹을 만큼만 가져가고 꼭 보답하게 하소서. 꼭 필요한 것만 가져가고 되돌려 주게 하소서.

하루는 셀 수 없이 많으나 오늘 하루는 단 한 번뿐입니다. 오늘 할 몫에 집중하고 노력하겠습니다. 오늘을 가리킬 때 자기 머리 윗부분을 손가락으로 가리키는 인디언처럼 오늘은 뒤도 앞도 아닙니다. 제가 서 있는 바로 위에 오늘이 있습니다. 오늘은 제 몸과 마음의 연장이자 저 자신입니다. 몸으로 말하고 몸으로 생각하고 온몸으로 기도하겠습니다. 과거의 불행과 아픔과 분노를 자동 테이프처럼 재생하기보다, 현재 제게 말을 걸며 다

가오는 영감이 나의 주인이 되게 하겠습니다. 오래전부터 계획하고 노력해 왔던 거대한 카펫의 일부인 이 작은 한 조각은 오늘의 몫, 미룰 내일이나 후회할 어제 따위는 없겠습니다. 오늘 만진 이 작은 이파리 하나에도 온기를 더하겠습니다. 수고롭고 바쁜 중에도 그대가 내민 손을 바라보겠습니다.

내 몸의 세포 50조 개가 낱낱이되 딴 몸이 아닌 것처럼 우리는 한 몸, 하늘에서 땅 밑까지 하나로 이어져 있습니다. 생명의 몸짓만이 한 생명이 한 생명에게 가는 유일한 길입니다. 사랑의 몸짓만이 한 생명이 한 생명을 북돋을 수 있습니다. 평화의 몸짓만이 한 생명이 한 생명을 이어지게 합니다. 기억하게 하소서. 하루 열네 시간 카펫을 짜고 축구공을 깁는 아직 덜 자란 아이들의 부황 든 뺨을. 일당 1달러짜리 작은 손들을. 회초리처럼 가는 수억 수십 억 가는 다리들을. 힘없고 가난한 나라 가난한 사람들을. 탐욕과 갈등과 전쟁으로 죽어 가는 그들의 눈물에 눈감지 않기를. 어디선가 저를 바라보고 있는 그대, 부디 제 손을 잡아 주세요. 내가 그대의 손을 잡는다면, 궂은 일들이 모두 나와 하나가 되겠지요. 그대가 내 손을 잡는다면, 내가 만나는 모든 사람들이 귀하게 되겠지요. 오늘 가난하고 오늘 수고하여도 우리는 부자입니다. 허공처럼 청정한 바다처럼 누구에게나 스며들 수 있는 거대한 마음이겠습니다.

빗장을 닫아걸어 한가롭기를 바라지 않게 하소서. 오늘 내 앞에 존재하는 생명들 속으로 들어가게 하소서. 햇빛과 달빛으로 빗장 삼아 우리가 되게 하소서. 내가 애써 키워 너희를 먹여 살린다 말하지 않는 흙처럼, 내 품 안에서 낳고 자라는 물고기들을 내 것이라 여기지 않는 물처럼 살게 하소서. 그저 벌거숭이로 출렁거리고 자박자박 가까워지며 사뭇사뭇 멀어지며 한결같이 한 몸으로 굽이치게 하소서. 하루를 보내고 어두운 밤 밝히는 달빛 아래 서게 하소서. 바다를 밀고 당기며 수억만 년 영겁의 춤을 추며 생명을 키우는 고요한 달빛 아래 절하겠습니다. 제 뜻대로 마시고 당신 뜻대로 하소서. 오늘 밤도 당신 품에서 배불리 젖 빨고 단잠 자는 아기처럼 편안히 거하겠나이다.

문학이라는
말조차
잊고

지금도 꿈을 꾸면 푸른 바다가 배경이고 산과 논과 염전들이 펼쳐지는 때가 있습니다. 태반과 연결된 몸과 무의식의 탯줄이란 게 참 강고한 것 같아요. 박박 기어 다니는 아가가 당산나무에 줄로 묶여 흙을 먹고 기어 다니는 개미들이랑 놀고 있습니다. 언니들은 당산나무 근처에서 줄넘기하고 소꿉장난과 숨바꼭질 하며 놉니다. 오빠들은 나무에 올라가거나 둠벙에서 고기를 잡고 헤엄을 칩니다. 언니 오빠들이 해 준 얘기들을 들으면서 실제 제가 기억하는 것처럼 생생해집니다. 돌을 들추면 그 밑에 빨간 열매가 올라오고 계단에 앉아 있으면 시나브로 안개가 해를 낳고 있습니다. 여덟 살 정도까지 보았던, 당산나무가 있고 마을 제사 지내는 정각정이 있고 한 집 걸러 사촌이고 두 집 걸러 오촌 육촌이고 누구네 집이라 부를 수 있었던 그런 예스러운 경험을 지금 하고 있네요.

사람들이 물어요. 시골서 왜 그러고 사냐고요. 언뜻 답이 떠오르지도 않고요, 저도 잘 모르는 것 같아요. 살아 보니 제 마음속 사진으로 남아 있는 어릴 적과 많이 다르더군요. 하긴 상품과 거래의 경제가 산골을 피해 갈 수 있다고 믿는 게 환상이겠죠. 이 맹렬한 자본주의가 파고들지 않은 데가 세상천지 어디 있겠습니까. 하여 우리가 꿈꾸는 공동체라는 게 여전히 지난하게 여겨지지만, 뭔가가 저를 여기 묶어 놓은 것 같습니다. 여기서 체험한 순수한 주고받음이랄까 그런 것들이 산골에 오래 머무르게 했고요. 진짜 정주하자는 제 인생의 첫 프로젝트가 시작된 거죠.

문 두드려서 나가 보면 하얀 보자기에 든 밥솥 들고

서 있고, 문 두드려 나가면 청국장 거의 다 끓었다고 서 있고, 나가 보면 물김치 통 놓고 가는 동네 언니들과의 우정이 저를 여기까지 이끈 것 같아요. 제가 젊은 날 머물렀던, 맘모스를 연상시키는 공장과 투쟁 현장들 또한 이상하게 변방에서 마주치는 전기공, 미장이, 간판쟁이, 알루미늄 섀시 등과 만나 새로운 사진으로 접속되는 걸 느낍니다.

미의식이나 가치관이나 이런 것들은 학습으로 바뀌는 게 아닌가 봐요. 모두들 그럴 거예요. 무의식의 거대한 창고가 오늘 이 시간 어떻게든 영향을 미치면서, 과거의 사진들이 현재와 만나 제3의 입체를 만드는 것 같습니다. 모두들 그럴 거예요.

저처럼 느려서, 새로운 것과 낯선 것을 쫓는 게 힘이 드는 사람들에게는 공간이 큰 비중을 차지하는 것 같아요. 저는 오래 만나 온 사람들과 오래된 물건이나 고전적인 것에 매료당합니다. 망태기나 덕석이나 항아리 같은 것들 말이죠. 못에 걸린 수놓아진 낡은 횟대보나 어릴 때 사랑방에서 동네 언니들과 나눠 먹던 군고구마와 동치미 맛을 잊지 못합니다. 여름날 마당에서 배터지게 먹고 짚으로 짠 멍석 위에서 바라보던 별과 달을 생각하면 가슴이 뛰죠.

무엇보다 귀한 건 사람이겠죠. 우리가 모임이다 학술대회다 문학 콘서트다 해서 만나고 헤어지면 뒷면이나 옆면은 잘 안 보이잖아요. 그런데 작은 마을에서는 누가 어찌 살고 무엇을 먹고 뭣 때문에 마음고생 하고 있는지 입체가 보여요. 언어는 뒤로 물러나고 사람의 얼굴이 전면에 보인다고나 할까요. 그런 입체적인 육체성과 분명한 정동감이 제 작품에 주인공으로 혹은 병풍으로라도 등장하는 것 같아요. 사람살이라는 게 이런 거구나 싶습니다. 몇십 년 피상적으로 만난 것보다 구체적인 학습이 됩니다. 저는 그것을 '날것으로의 삶' 혹은 '진짜 삶'이라 부르고 싶습니다.

소설가 한창훈의 우화 소설 『행복이라는 말이 없는 나라』의 배경은 남대서양의 화산섬, 트리스탄다쿠냐 섬입니다. 그 섬에 잠시 주둔했던 영국군이 거친 환경과 화산 탓에 철수를 했는데, 한 하사관의 가족이 남아 공동체를 꾸렸답니다. 이 섬에는 하나밖에 없는 법조문이 있는데, "어느 누구도 어느 누구보다 높지 않다"는 겁니다. 그 법을 만드는 과정 또한 모든 주민들이 고민해서 함께 결정합니다. 변화무쌍한 파도와 척박한 땅을 관찰하고 사람과 물고기와 새를 관찰하면서 법을 만들었답니다.

그들은 그 법으로 살았다. 어느 누구도 어느 누구보다 높지 않았기에 어느 누구도 다른 사람보다 낮지 않았다. 그들은 그 법이 마음에 들었다.

아침에 만나면 서로 손을 뻗어 어깨에 대는 것으로 인사를 했다. 그 인사는 '저는 당신보다 높지 않습니다'라는 뜻이었다. 아무도 법을 더 만들자고 말하지 않았다. 그것으로 충분했기 때문에 별다른 고민 없이 감자와 옥수수를 심고 생선을 잡고 열매를 주워 말렸다.

—『행복이라는 말이 없는 나라』중에서

그러나 화산의 위험성 때문에 도시로 이주한 섬 주민들은 전혀 다른 삶에 봉착합니다. 아이들은 더럽다고 도시 아이들에게 왕따를 당하고요, 자기가 하고 싶은 것 대신 콩쿨에 입상하기 위해 해석된 대로 피아노를 쳐야 합니다. 자신의 기호와 감정을 배제한 채 말입니다. 그러나 섬에서 온 아이들은 어릴 때 겪고 본 대로 살 수밖에 없습니다. 원초적 체험이 무의식적으로 그렇게 시키니까요. 심지어 욕조차 나무와 파도와 갈매기를 버무려 하더군요.

"웃기지 마, 이 추접스러운 새끼야." (…)

"너는 부러진 삼나무야." (…)

"맞아 죽을래? 이 개새끼야."

"이 너무 높은 파도야." (…)

"그것도 욕이라고 하니, 구더기 같은 자식아."

"이 배고픈 가마우지야." (…) "시끄러워, 이 똥 싸는 갈매기들아."

—『행복이라는 말이 없는 나라』중에서

섬 아이들은 기가 죽고, 도시 아이들을 닮아야 살아남는다는 것을 알고부터 점차 불행해지고 폭력적이 됩니다. 그런데 말이죠, 겉으로 보기에 모자랄 게 없어 보이는 도시 사람들도 행복하지 않습니다. 오죽하면 섬 출신인 쿠니의 '이야기 들어 주는 집'에 와서 이야기를 쏟아 내고 눈물 흘리며 돈을 주고 갈까요. 진득하니 상대의 이야기를 진심으로 들어 줄 여유가 도시에서는 대체로 없으니까요.

세속 도시의 삶은 항상 시간이 없습니다. 빨리 진급해야 하고 성공해야 하고 이걸 끝내면 다음을 준비해야 합니다. 늘 조급하고 항상 쫓깁니다. 단번에 한밑천 잡고, 단번에 한몫 챙기고, 단번에 끝내려고 서두릅니다. 이 음식을 먹으면 행복하다 해서 먹으러 가고, 이런 곳에 가면 행복해진다고 해서 여행을 떠나고, 이것을 사면 행복해진다고 하니 사고 나서 금세 저것을 사야 합니다. 심지어 '행복해지는 백 가지 방법'이라는 책도 사야하죠. 삶이 소비와 긴장과 투쟁의 연속입니다. 행복을 추구하는 자는 이미 행복하지 않습니다.

화산활동이 멈추자 어쩔 수 없는 몇이 남고 대부분 섬으로 돌아가는 배에서 그들의 하나뿐인 법조문과 극단으로 대립하는 장애를 만납니다. 그것은 '배의 규칙'

입니다. "선장은 언제나 옳다", "만약 선장이 틀렸을 경우, 첫 번째로 돌아간다"는 절대규칙 말입니다. 배가 풍랑 앞에 좌초될 위기에 처했는데 선장은 코빼기도 뵈지 않습니다. 바다와 배를 잘 아는 섬 주민들의 의견 앞에서 절대규칙은 거대한 벽입니다. 들을 귀도 없고 얼굴도 볼 수 없으며 명령만 존재하는 권력은 주민에겐 인간이 아니라 신입니다. "굉장히 중요한 존재이면서도 얼굴을 보지 못했다면 그게 신 아니겠소?"

　높이 있고 멀리 있으면 위대해 보입니다. 굉장하다고 여겨지거나 굉장한 취급을 받는 신은 물질일 수도 있고 물질 배후에 숨어 있는 권력이나 명예나 출세일 수도 있을 겁니다. 어쩌면 가만히 있으라고 명령해 놓고 내뺀 세월호의 선장일 수도 있겠네요.

　밀실의 제한된 자유에서 행동의 광장으로 가는 데 중요한 무기는 세계를 관찰하고 여실히 기록하는 일이라고 저는 생각합니다. 뭐 그렇게 고상하고 뼈아픈 내면의 세계라는 게 존재해서 문학이 그렇게 내내 개인적 상처들을 뜯어먹고 사는지 이해가 잘 되지 않습니다. 자기에

간힌 내면과, 자신의 심층과 연결되지 않는 광장의 공허한 양 극단 사이에 무엇이 있을까 저는 고민합니다. 머리에 인 항아리를 내리고 함께 걸어온 길을 돌아보며 밥상을 마주하고 함께 술잔을 드는 삶의 언어는 꿈에 불과할까요. 동물이나 벌판의 발가벗은 나무처럼 감정이 개방되어 있으며 일꾼들끼리 평등하게 협력하고 어깨를 겯으며 일하고 노래하고 싸우는 연대의 문학은 정말 불가능할까요. 축하하고 격려하며 편견 없이 상대를 바라볼 수 있는 사랑의 능력은 우리가 이미 회복할 수 없는 정도로 망가져 버린 걸까요.

그러나 고독한 '나'와 복수형의 '우리'가 겹쳐지는 게 불가능하다 싶은 지금 이 순간에도 이 지구에는 때로 예기치 않은 곳에서 이렇게 살아가고 있는 사람들이 참 많습니다. 거의 외계인이라 불릴 만한 사람들과 공동체가 존재합니다. 제 경험 속에선 그들은 대체로 문맹(문학에 문외한이라는 의미에서)으로, 오지나 섬에서 농사를 짓거나 고기를 잡으며 자연이라는 배경에 녹아들어가 살고 있었습니다. 제 시의 태반은 그들의 말과 행동과 사연과 기쁨 그리고 슬픔을 받아쓴 것입니다. 평민에 불과한 그들이야말로 '행복이라는 말이 없는 나라'의 사람들이었습니다. 그들은 가난할지언정 피폐하지 않았고, 일이 많을지언정 일에 찌들지 않았고, 매번 유쾌하게 먹고 마시며 시간 가는 줄 모르고 함께 놀 수 있었습니다. 그들과 함께할 때만이 저도 행복이라는 말과 비참이라는 말, 그리고 문학이라는 말조차 잊고 함께 웃고 떠들 수 있었습니다.

한없이
기쁘고
가벼웁게

　　　　　30년 전, 처음 보았을 때 그는 아름다운 청년이었어요. 명문 대학도 나오지 않았고 집안도 가난했지만 싱싱한 패기와 열정 하나로 세상 무서울 것 없던 까까머리 푸른 제대 군인이었습니다. 전동 타자기가 자취를 감추고 컴퓨터가 나오기 시작할 즈음, 그는 누구보다 컴퓨터를 좋아했고 좋아한 만큼 익숙해졌으며 금세 그 분야의 달인이 되었죠. 컴퓨터 강사를 거쳐 컴퓨터를 조립하고 소프트웨어를 개발하고 실행화하여 판

매에 연결시키느라 그는 늘 바빴어요. 조금만 더… 조금
만 더… 조금만 더 손을 뻗으면, 세상이 그의 손을 놓지
않는다면, 장가도 가고 못 다한 효도도 할 것만 같았습
니다. 하지만 그에게 돌아온 것은 빚더미였고, 그의 가
슴에 핀 것은 불효 자식이라는 피멍이었습니다. 그 사이
아버지는 혼자 지하방에서 숨을 거두었고 평생 파출부
로 미싱사로 김치공장으로 다니며 궂은 일만 하던 어머
니는 암에 걸려 돌아가셨지요.

18년 후 그는 머리털 올올이 빠진 중년 실업자가 되
어 몸 하나 누일 단칸방도 없이 돌아왔습니다. 숱하게
굶었다 했어요. 수많은 날 대충 때웠다 했지요. 마지막
으로 컴퓨터 제품 개발에 사활을 건 그에게 돌아온 것은
이름하여 파산 선고였어요. 파산 선고자라는 이름을 얻
기 위해, 그는 변호사 사무실에서 지난 18년의 피눈물
나는 긴 여정을 두루마리에 다 풀어 써야 했습니다.

노래를 불러 드리죠.
당신이 내게 청한 적 없더라도.
노래는 요구받고 하는 게 아니랍니다. 저절로 차

올라 넘쳐흐르는 거랍니다. 노래는 저절로 흩뿌려지는 거랍니다.

당신에게 노래를 불러 드리죠.

당신이 누군지 모를지라도.

사람은 자기가 알지 못하는 걸 노래하기 마련이죠: 달 뒷면의 어두운 얼굴이라든가, 거울의 뒷문이라든가, 바위의 가슴을 닫아 버린 절망이라든가.

후두음이 없었다면 나는 이 언어로 노래하지 않았을 거예요. 다른 언어로 했겠죠. 나는 내 소리가 목구멍 깊숙이에서, 내 안의 빨갛게 달아오른 석쇠로부터 나오기를 바랐답니다.

남김없이 다 노래해 드리죠. 당신에게 짖어 대는 것처럼, 당신을 죽일 것처럼. 당신 손에 죽는 것처럼.

— 자카리아 무함마드, 「노래」 전문

눈 내리는 저녁 공단길에서 마주친 어린 여공들의 웃음소리가 오래도록 허공을 맴돌다 흩어집니다. 경쾌한 웃음들이 찍고 간 발자국 위로 눈은 내려 덮이는데, 전생인 듯 희뿌연 길 위로 어느새 어린 내가 다가와 함께 걷고 있습니다.

이 길에 전봇대마다 취업 공고판마다 기웃거리던 배고픈 내가 있습니다. 이 길 위에 한 줄에 꿰인 호박고지처럼 줄줄이 앉아 라인작업 하던 공장이 있고, 에이스와 새우깡 몇 조각씩 따뜻하게 건네주던 어린 손들이 있습니다. 이 담벼락에 점심시간 담벼락 아래로 종이에 싼 동전을 내려 주면 꽈배기 과자와 노릿노릿한 찹쌀 도너츠가 올라오던 흑백의 풍경이 녹아 있습니다.

여기에 졸린 잠 쫓으려 커피믹스 가루째 털어 넣던 야근의 밤들이 기침하고 있습니다. 여기에 유인물 들고 뛰던 뜨거운 연대의 우리가 있고, 문건 들고 자취방마다 문 두드리던 가슴 떨리고 눈꺼풀 무거운 새벽길이 있습니다. 여기에 바지런한 친구가 노란 도시락 내밀던 출근길이 있고, 덜 마른 머리에 고드름 매단 채 깔깔대며 함께 뛰던 날들이 쌓여 있습니다. 여기에 얻어터지다 머리채 잡혀 쓰레기 매립장으로 실려 가던 선혈이 묻어 있습니다.

많은 사람들이 왔다가 떠나간 그 길 위로 눈은 내리는데, 지난 길을 지우며 눈은 내려 쌓이는데 기억은 늙지도 않나 봅니다. 길가에 야윈 종아리로 서 있는 나무가 중얼거립니다. 아직도 그 자리에서 퍼붓는 눈바람 다 맞고 춥게 견디고 있는 나무가 사르륵 사르륵 말을 걸어옵니다. 이제 더 이상 춥고 배고프지 않은 중년의 나를 불러 세워 속삭입니다. 고통과 삶, 그리고 죽음이 모두 축제라고.

물길 뚫고 전진하는 어린 정어리 떼를 보았는가
고만고만한 것들이 어떻게 말도 없이 서로 알아서
제각각 한 자리를 잡아 어떤 놈은 머리가 되고
어떤 놈은 허리가 되고 꼬리도 되면서 한몸 이루어
물길 헤쳐 나아가는 늠름한 정어리 떼를 보았는가
난바다 물너울 헤치고 인도양 지나 남아프리카까지
가다가 어떤 놈은 가오리 떼 입 속으로 삼켜지고
가다가 어떤 놈은 군함새의 부리에 찢겨지고
가다가 어떤 놈은 거대한 고래 상어의 먹이가 되지만
죽음이 삼키는 마지막 순간까지 빙글빙글 춤추듯
나아가는 수십만 정어리 떼,

끝내는 살아남아 다음 생을 낳고야 마는
푸른 목숨들의 일렁이는 춤사위를 보았는가
수많은 하나가 모여 하나를 이루었다면
하나가 가고 하나가 태어난다면
죽음이란 애당초 없는 것
삶이 저리 찬란한 율동이라면
죽음 또한 축제가 아니겠느냐
영원 또한 저기 있지 않겠는가

— 김해자, 「축제」 전문

　정어리가 떼로 지어 나아가는 것은 괜히 해 보는 짓이 아닙니다. 그것이 삶이자 생명이자 즐거움이기 때문입니다. 한 몸을 이뤄야 거대한 물고기들의 공격을 피할 수 있기 때문이겠죠. 한 몸으로 춤을 춰야 작은 물고기들이 안에서 보호받을 수 있기 때문이겠습니다.

　많은 노동자들이 오늘날 생존의 벼랑에서 삽니다. 그 중에서도 비정규직 노동자들은 매순간 '주홍 글씨'를 단 채 높은 언덕길을 오르는 오토바이처럼 씽씽 달려야 삽니다. 대지를 일구어 생명을 가꾸는 것도 더 이상 숭고

한 노동이 아니게 되었습니다. 가난하고 힘없는 자에게는 나날이 오류이고, 삶이 모독과 치욕투성이입니다. 하지만 그러할 때에도 우리는 살아가야 합니다. 각자의 영혼 속에 숨어 있는 날개를 접지 않아야 합니다. 함께 한 몸을 이루어 난관을 헤쳐 나가야 합니다. 부디 이 긴 투쟁의 길에서 지치지 않기를. 부디 고난의 도정에서도 우리의 투쟁이 찬란한 춤사위가 될 수 있기를. 저항이, 사랑이 한 몸을 이루게 되기를.

기러기가 V 자로 날아가는 것은 빅토리를 좋아해서가 아닙니다. 모두 함께 가기 위해, V 자로 둘러싸 보호해야 할 아직 어린놈과 약하고 병든 식구들이 있기 때문이죠. 그렇게 지친 날개를 쉬고 다시 대열에 합류하도록 하기 위해서입니다.

먼 여정에 날개가 꺾인 기러기들이여, 절망하지도 좌절하지도 말고 조금만 더 힘을 내십시오. 그리고 매여, 독수리여, 아직 힘이 남아 있는 모든 사람들이여, 부디 부탁드리나니, 조금만 더 앞에서 강풍을 가르십시오. 모두가 하늘 높이 치솟을 수 있도록. 강풍을 막아 주는 사이, 여린 날갯죽지에 새 기운이 차오를 수 있도록.

눈 위에 찍힌 순결한 발자국처럼 부디 첫 마음 잊지 않고 나아갑시다. 천 개의 야윈 손을 뻗치고 허공에 제 열매 내다 거는 나무의 몸처럼. 야윈 손끝에 달린 천 개의 붉은 눈을 새에게 내어놓는 나무의 영혼처럼. 빈손으로 오늘 또 이 길을 걸어갑시다. 어린 여공처럼 경쾌한 걸음으로. 깔깔대고 웃으며 한없이 기쁘고 가벼웁게.

난
엉덩이만이
아니야

딸이 연차 휴가를 받아서 며칠 있다 갔는데, 서울로 돌아가고 나자 제가 다 몸살이 났습니다. 혼자 사는 자취생이 할 수 없는 것은 밥 먹으면서 대화한다는 거겠죠. 직장 다니며 혼자 사는 여성이 잘하는 것은 끼니를 대충 때운다는 거겠죠. 딸이 혼자서 못 해 본 것을 벌충해 주려니 언제 하루가 갔나 싶게 저녁이 오더군요. 짬짬이 마감 원고를 들여다보는데 집중할 수 있는 시간이 두 시간이 채 안 되더군요. 그러니 아이들 한창

자라고 있는 엄마들은 어떨까 싶습니다. 비대면 시대라 부르는 이즈음 여성들 일상이 어느 정도 짐작됩니다. 바깥일 하면서 살림하고 식구들 챙겨 먹인다는 게 보통 일이 아니잖아요. 아이들이나 환자가 있는 집은 음식 준비하고 만들고 치우고 다시 만들다 보면 금세 밤이 되어 있겠네요.

우리가 이만큼 진보했다, 이만큼 잘산다 하지만, 자세히 들여다보면 여성들의 일상은 많이 달라지지 않은 것 같아요. 의미 있게 생각하거나 가치를 부여해 주지 않는 그림자노동이라는 게 몇천 년간 이어져 왔는데, 그리 쉽게 바뀌겠나요. 저도 일어나기 무섭게 후다닥 뛰어나가고 밤에 들어와 빨래하고 식구들 된장국 끓이고 하면서 30~40대를 살았어요. 우리 딸이 커서 그러더라고요. 아침에 레인지 위에 놓인 찌개를 보면 따뜻할 때도 많았다고, 그래서 엄마가 새벽에 들어왔나 보다 했다고요.

학생들 가르치고 문학평론 쓰고 여성과 약자들의 인권을 고민하며 살아가면서 살림도 하는 일인다역의 삶을 사느라 분주한 젊은 후배가 최근에 〈스트릿 우먼 파이터〉라는 프로그램을 봤다는데 아주 흥미로웠대요. 그래서 저에게 보내 주며 소감을 묻더군요. 코로나로 생계가 막막하던 거리의 여성 댄서들이 서로 팀을 짜서 댄스 경연을 하는 프로그램이래요. 후배는 경연 프로그램을 별로 좋아하진 않지만, 학생들이나 젊은 여성들이 하도 열광한다 해서 한 영상을 봤대요. 그런데 당일 올린 영상에 3백만 명이 조회해서 보더래요. 누가 시키지도 않았는데 수천에서 수만 개의 댓글이 달려 있었다는군요.

그중 '프라우드먼'이라는 팀의 댄서 크루들이 '맨 오브 우먼 미션'에 참여했는데요, 남성 댄서와 섞여서 자신의 춤을 부각시켜야 하는 미션이라네요. 대중의 평가를 잘 받고 승리하기 위해서는 대개 더 강렬한 비트와 화려한 퍼포먼스로 사람들을 사로잡도록 기획하는데요, 프라우드먼은 전혀 예상하지 못한 행보를 보였다는 겁니다. 질 스캇(Jill Scott)의 〈워매니페스토(Womanifesto)〉라는 곡에 맞춘 느린 춤 동작을 통해 여성으로서의 자존심과 댄서 직업의 품위를 드러내면서 메시지를 강조했다는군요. 다음 글이 선언문의 가사입니다.

나는 따뜻하고
나는 평화이지
보츠와나 거리나 23번가에서
나는 영혼의 눈으로
이 사악한 사회구조의 모든 것이 보여

나는 글을 사랑하며
강한 여자들을 사랑해
남자들에겐 다이아몬드처럼 소중한 보석이고
아이들처럼 호기심도 많고 관심도 많아
난 현명한 이들로부터 언제나 배울 준비가 되어
있고
나의 문화에 대해서 감사해 할 줄 알지
내 타고난 골격의 두꺼움은 과식해서 뚱뚱해진 것
이 아니라 강한 여성인 거야

내가 무엇을 하든 그것에는 리듬이 있어
내 인생의 탐험에는 리듬이 항상 함께하지
그래, 나는 나만의 리듬을 언제나 갈구해

신의 고귀함을 즐기는 사람과 함께

믿음을 가지고 나는 정말 들어 귀 기울이기 위해서

두 손은 주먹을 쥐지

억지로 밀쳐질 때

너의 자아가 복종하지 않을 때

난 재능이 있고

나는 이 모든 것이지

그리고 나는 정말 잘났어

다시 말하지만 난 단순히 엉덩이만이 아니야

— 질 스캇, 〈Womanifesto〉

흥미로웠습니다. 여성의 자존심이 돋보였습니다. 스스로에 대한 믿음을 가지고 춤을 추는 댄서들의 모습에서 품위가 느껴졌습니다. 억지로 밀쳐질 때 주먹을 쥐고 참으며, 자기의 리듬을 찾고자 애쓰는 예술가의 결연한 자세 또한 느껴졌습니다. 고급 무대에 서는 클래식한 예술에서 느껴지지 않는 반항적인 면모도 반가웠습니다.

게다가 바로 알아들을 수 있어서 더 맘에 들었습니다. 차이를 유발시키는 대상 혹은 남성들에게 뭐라 하기보다, 우리들은 이렇다고 열거하는 방식이 일단 맘에 들었거든요. '너는 왜 그러냐'보다, '나는 이렇게 생각한다'는 화법을 우리는 자주 잊어버리고 살잖아요.

"단순히 엉덩이만이 아니야"는 많은 의미를 포괄하는 것 같습니다. 새삼 우리의 페미니즘에 대해 생각해 보게 되었습니다. 엉덩이이기도 하고 아니기도 하다는 선언은, 물질이고 감각이되 그것 이상을 보는 눈에서만 나올 수 있는 말입니다. 추상화되기 쉬운 주의·주장보다 육체와 영혼이 결합된 눈으로 사악한 사회구조를 꿰뚫어보는 거죠. 육체를 부정하지 않은 채 그것을 넘어서는 존재임을 표명하며, 그러나 몸으로 실천하고 항의하는 것이 얼마나 중요한 미덕인지요. 시각적으로 덜 화려했던 그 팀은 경연에서는 떨어졌대요. 경연에서 살아남는 것보다 자신들의 정체성을 보여 주는 게 더 의미 있다고 판단해서 그런 선택을 한 거겠죠.

후배는 우승하지 못한 이 댄서들의 이야기와 거리에서 낭송하던 제 시를 겹쳐서 생각했다는군요. 〈워매니페스토〉의 가사를 보며, 제가 어떤 현장에서 시를 낭독하던 순간이 기억났대요. 그냥 눈으로 읽을 땐 몰랐는데, 시가 육성으로 낭독되는 순간 주변의 소음이 완벽하게 음소거되면서 강력한 힘으로 언어들이 전달되었던 기억이 있었답니다. 그렇게 강력한 힘을 지니고 있으면서도, 보이지 않는 곳에서 백댄서로 살아온 여성들이 세상에는 참 많은 것 같다고 후배는 덧붙였습니다. 누군가의 뒤에서 춤을 추던 사람들이 자신의 몸의 언어를 통해 댄서로서 해방되는 순간들을 보면서 황홀한 감각을 느끼기도 했다고요. 그리고 물었습니다. 이런 꿈틀거리는 정동이 타인에게 감응되는 순간, 그렇게 몸으로 그리는 춤의 순간을 꿈꾸면서, 나 또한 시를 사랑해 오지 않았냐고. 저는 후배에게 화답했습니다. 30대 노동자인 저는 이런 장면을 그리며 시를 썼다고, 시는 이런 역할을 한다고 믿으며 시를 낭송하곤 했다고.

로마 제정에 반기를 들었던 스파르타쿠스 반란군이 압도적인 수와 무기를 보유한 로마군에 지고 또 지면서 변방까지 밀려가 잠시 진용을 추스르는 동굴 속입니다. 상처투성이인 노예들의 신음 소리가 여기저기서 흘러

나옵니다. 어둡습니다. 배도 고픕니다. 승산은 안 보입니다. 일어설 힘도 없습니다. 누군가가 가만히 일어나 천천히 한 음절씩 무언가를 읊습니다. 가사가 정확히 뭔지는 몰라도 점차 그 언어들을 누군가가 따라 합니다. 따라 하다 자기도 모르게 일어섭니다. 일어설 힘도 없는데. 점점 더 많은 패잔병들이 일어서자 시는 합창이 되고 이윽고 한 무더기 춤이 됩니다.

이런 장면을 떠올리며 젊은 날 시를 쓰기 시작했습니다. 저는 거리에서 시를 낭송하다 시인이라는 명함까지 달게 된 사람이에요. 서로 어울리게 하고 서로를 북돋우고 같이 아파해 주고 같이 싸워 주는 것, 그것이 노래와 시와 춤이 하는 중요한 역할 중 하나일 겁니다.

미래가 어떻게 될지 알 수 없는 안개 속에서 길이 잘 보이지 않습니다. 코로나 시대를 통과하면서 더 절박해지고 있습니다. 두렵습니다. 이 압도적인 비대칭이 더 심화되고 있는 현실을 바라보는 것이. 갈수록 심화되는 불평등 속에서조차 시는 이기고 지는 것을 넘어서서 뒤를 돌아다보는 게 아닐까 싶어요. 젊은 미래와 아직 태어나지 않은 미래 세대에게 말을 거는 것, 칠흑 같은 안

개 속에서 깜박깜박 경고등을 켜고 내가 앞 사람을 따라 가듯, 뒤에 오는 사람들에게 불을 비춰 주는 예술이 사람들 속에서 퍼져 나갔으면 참 좋겠습니다.

이 세계를 넘어서려는 시들, 이를테면 정치 시나 페미니즘 시들 또한 육체를 간과하고 자주 관념화되는 것 아닌가 싶기도 합니다. 파토스가 없거나 거대 담론에 눌려 활기랄까 생명력이랄까 생기랄까 하는 것들이 거세되는 경우를 보는데, 그건 이 세계를 바꿔 보려는 예술의 본령이 아니라고 봅니다.

스스로를 수용하고 사랑하고 고귀함을 잃지 않으려는 노력들은 힘과 용기를 줍니다. 구걸하거나 무턱대고 돌을 던지거나 자존심만 내세우지 않고 새로운 출발선에 서게 하는 양성평등이 되었으면 좋겠습니다. 그것은 다름 아닌 자기 존중에서 비롯되는 게 아닐까요. 자존감과 서로와 스스로에 대한 경외를 지닌 채 함께 도약해 버리는 즐거운 페미니즘에는 성의 구분이 이미 없습니다. 유쾌한 싸움입니다. 우리 정치도 이렇게 자존감 있게 갔으면 좋겠습니다.

후배 덕분에 프라우드먼의 〈위매니페스토〉를 몇 번

보면서 "집(home)은 단순히 집(house)이 아니야"라는 구절이 제 머릿속으로 지나갔습니다. 집은 "따뜻하고" 집은 "평화이지", 집은 "신의 고귀함을 즐기는 사람과 함께" 하는 거지, "믿음을 가지고 나는 정말 들어 귀 기울이기 위해서 두 손은 주먹을 쥐지". 촛불로 세운 민주 정부에서 집값이 너무 올랐어요. 민간 분양하면서 공공 주택에 사는 청년들이 거의 쫓겨 나오잖아요. 독일처럼 싸워서 국민투표까지 해서 승리했으면 좋겠어요. 집을 가졌다는 이유로 그 많은 이득을 취할 권리가 있는가, 심각하게 질문해야 할 때입니다. 그 질문을 좀 더 재밌게 노래하면서 행진하면 참 좋겠습니다.

오늘 아침에도 데이트 폭력으로 숨진 젊은 여성 기사를 보다 목이 멨습니다. "영혼의 눈"으로 바라보던 한 세계가 사라졌습니다. 괴롭습니다. 너무나 처참해서 뭐라 할 말을 잃었습니다. "난 단순히 엉덩이만이 아니야"가 뱅뱅 돕니다.

방주에 실린
해피랜드

⌣

　사람이 사람을 만나지 못하다니, 일찍이 경험하지 못한 세상이 펼쳐지고 있습니다. 사람이 사람을 피해 멀찌감치 돌아가다니, 전 세계가 키스를 멈춘 듯합니다. 모여서 함께 먹으며 웃고 떠들었던 게 기적인 것만 같아요. 가리지 않은 얼굴만이 평등했는데, 얼굴의 반 이상을 가리니 몰골이 말이 아닙니다. 웬만큼 익숙한 사람 아니면 알아볼 수도 없어요. 탈이 나도 단단히 난 듯합니다. 발밑에 비말 마스크를 덮은 백합이 수상한 발밑을 내려다보고 있습니다. 헬멧에 마스크까지 쓴 오토바이들만 부리나케 가파른 골목길을 올라가고 있고요. 꽁지와 다리에 의료용 마스크를 매단 새들이 새파란 하늘을 날아다니는 모습이 얼핏 보이는 듯도 합니다. 마스크가 다리에 걸린 채 허우적거리는 거북이도 지나가네요. 뉴스가 공포의 통계 수치로 도배되고, '코로나'가 하루에도 수백 번씩 머릿속을 지배하는 단어가 되었고요, 대한민국은 물론 세계의 숫자를 확인하는 게 일상이 되어 버렸습니다. 문명과 상관없이 살아가는 아마존 숲에서 원주민이 들것에 실려 나오는 것을 봅니다. 지구의를 돌리며 인도, 브라질, 인도네시아, 방글라데시…, 수많은 나라의 곡성을 듣습니다.

코로나가 철석같이 믿은 시멘트를 쪼개고 있습니다. "잘살아 보세" 새마을 노래를 부르며 질주하는 동안, 우리 집 자물쇠를 이중 삼중으로 잠그고 안에만 처박혀 있는 동안, 진짜 갇히게 되었습니다. 성장과 발전과 개발의 확성기를 틀어 놓고 있는 동안, 나가고 싶어도 거리와 광장과 일터로 나갈 수 없게 되었네요. 숟가락 부딪치며 함께 나눠 먹던 갈치찜도, 동그란 그릇에 사이좋게 함께 먹던 아구탕도 물 건너갔습니다.

이상 기후가 이상하지 않음을 넘어 기후 위기라는 우울증이 튀어나오고 있을 즈음, 선배가 한낮에 전화를 걸어왔어요. 구원의 시대가 아니라 구조의 시대랍니다. 방주의 시대랍니다. 낮술을 마셨는지 선배는 제법 비장한데도 해학을 잃지 않고 말합니다.

"글쎄, 같은 배 타고 서로 구조를 한대. 지금은 구조할 시간이 없어. 구원의 시대엔 구원하겠단 사람이 있고 구원 당하는 사람이라도 있지. 네가 말한 게 그거잖아, 평생 말한 게. 난 예수, 공자, 석가모니… 인류를 구원한다던 이 새끼들이 너무 부러워. 이 새끼들은 말을 할 수가 있었잖아. 너희들 이렇게 해라, 얘들아 저렇게 해라, 어쩌고저쩌고. 구원을 말할 수 있는 시대는 얼마나 행복해. 희망이 있었잖어. 다 끝났어. 겉으로는 희망이 있습니다 어쩌고 저쩌고 하지만, 구조할 수가 없어. 호주에 산불이 6개월이 넘어도 안 꺼지잖어. 이 불 어떡해. 불을 끌 수가 없어. 예수가 왔다 쳐, 부처가 왔다 쳐. 아무도 못 구해 준다고…."

콘크리트와 철골에 들이부어진 기름과 베어진 나무들이 화약고가 되어 숲이 불타고 있습니다. 알프스 빙하가 갈라지고 히말라야 지붕이 깨지고 시베리아가 불타는 환영이 보입니다. 남극 빙하가 갈라지며 붉은 속살을 켜켜이 드러내고 있어요.

우정과 환대와 품앗이를 아스팔트로 도배하지 않았더라면, 갓 돋아난 묘목과 뿌리 깊은 나무를 그대로 두었더라면, 굽이치는 강줄기에 보와 벽을 쌓고 금모래 은모래를 파헤치지 않았더라면, 수고하지 않은 자들이 숫자로 숫자를 얹어 0000000… 쉼표도 없이 무한히 늘어나는 계산법으로 불려 먹지 않았더라면 우리 자식들이 물과 불 속에 갇히지 않았을 것을. 연대와 우의로 어깨동무와 강강술래 하는 따뜻한 일과 놀이의 손을 우리가 풀지 않았더라면, 물 한 대접 떠 놓고 천지신명께 빌며 바라보던 달이 월급과 월말 정산과 월세의 숫자가 되지 않았을 것을.

"시 쓰고 책 내면 뭐 하니…" 전화 속 목소리가 다시 나를 울립니다. 대지에 뿌리 박지 않은 나무는 고사합니다. 가슴이 포개지지 않는 진보는 뽑힙니다. 민중 속으로 다리를 뻗지 않는 투사는 투항당합니다. 통계 수치만 들여다보는 정신 나간 물신들의 행진, 현대 문명이라 불리는 컴퓨터 속의 대차대조표 속에서 저는 질문합니다. 고로 살아 있습니다. 군홧발이 목을 조입니다. 우리는 항거합니다. 고로 존재합니다.

〰

엎드려 우는 사람의 이야기를 받아 적는 게 시라는 생각이 드는 요즈음입니다. 시라는 것이 다큐만 못하다는 생각이 들 때도 많습니다. 아니 어떤 시도 현실보다 아프거나 슬프지 않아요. 폭포가 쏟아지는 절벽 위로 먹고살기 위해 물고기를 잡으러 가는 사람들, 처자식과 부모를 굶어 죽이거나 자신의 죽음을 각오하거나 둘 중 하나를 날마다 결단해야 살 수 있는 삶, 호랑이가 어디서 출몰할지 알 수 없는 맹그로브 숲으로 꿀 따러 가는 사람들, 엄마가 죽은지도 모르고 엄마 젖꼭지를 빨다 우는 아기를 보면….

우리가 게걸스럽게 먹어 치우고 싸돌아다니고 내다

버리는 동안, 말과 소와 양들은 폭설로 죽어 나자빠지고 문명의 바퀴에 으스러집니다. 양을 몰던 소녀의 엄마와 열두 살 '푸지에'는 약 한 번 못 쓰고 죽어 가고 있었습니다. 필리핀 해피랜드에서 열한 살 '믹'은 천대를 받으며 질주하는 트럭에 올라가 철 구조물을 훔치고 있었어요. 녹슨 못에 찔려 피흘리다 '프란시스'는 여덟 살이 되어 보지 못하고 죽어 가고 있는데, 시는 대체 무슨 쓸모가 있는 물건인가요.

밤새 쓰레기 산을 헤치며 쓰레기 보물을 줍는 인도네시아의 '나디아'는 신이 불공평하다고 엎드려 울면서, 내가 투정하면 신이 저를 싫어하겠지요, 읊조리는데, 신이란 도대체 무엇인가요. 전쟁터에서, 천막 안에서, 배 위에서, 갇힌 트럭 안에서, 불타는 난민촌에서 알라와 주여를 외치는데.

몇 달 사이 CT나 MRI 같은 기계 속에 몇 번 들어갔는지 기억나지 않습니다. 통이 저를 향해 다가왔다가 돌아갔죠. 어떤 기계는 지가 알아서 돌기도 했어요. 내가 들어갔는지, 기계가 멀어졌다 다가왔는지도 헷갈립니다. 지구의 같은 구멍 하나에 가슴을 대고 시키는 대로 엎드린 제게 마지막 뚜껑까지 닫아 버렸죠. 말랑말랑한 공 하나 쥐어 주며 정 못 참겠으면 공을 누르라고. 유일하게 밖과 연결되어 있는 가는 튜브줄 하나. 내 몸의 원자에 핵자기 공명을 일으켜 컴퓨터로 그림을 보여 준다는 MRI 통 속에서 이 갈리는 소리가 들렸어요. 톱니에 뼈 갈리는 소리도 나고요. 제 몸 안에 있는 것들끼리 삐그덕대며 부딪치는 소리가, 감추어 두었던 제 마음속 소리 같았습니다. 하마터면 누를 뻔했죠, 튜브 달린 생명줄을. 지구를 닮은 공 하나 꼭 잡은 채 몇 번이나 꺼내 달라고 구원 요청을 할 뻔했죠.

그 사이 갑자기 쉼표가 생겼어요. 자기장(磁氣場)이라니. 갑자기 자기(磁氣)가 자기(自己)로 느껴졌죠. 내가 아프고 야단스런 세상에서 사는 이유가 나 때문인가. 내 안이 공명해 나는 소리를 세상이 요란하다고 착각하고 살았나 싶었어요. 그렇다면 세계가 아픈 건 나 때문 아닌가. 자기장 속의 불협화음과 굉음 속에서 저는 질문하기 시작했어요. 아가야, 너는 누구니? 제 안의 주름이 파헤쳐지면서 튀어나오는 제각기 다른 소리들에게. 제가 밖이라 착각했던 유일무이한 세계에게. 아가야, 아가야,

진짜 너는 무엇이니? 어쩌면 제가 경험하는 밖의 세계는 제 안에서 공명된 저의 일부인 것 같았으니까요. 그것을 받아들이는 순간 참상이든 재난이든 그건 제 책임이 되었죠.

다행인지 불행인지 저는 신을 아직 보지 못했죠. 신의 발뒤꿈치도 보지 못했지만, 어쩌면 아주 자주 신을 부르고 있었는지 모릅니다. 그래서 이웃과 친구와 동지, 형제들과 풀과 나무와 곡식과 꽃들을 신이라 여기게 됐는지도요.

가난과 슬픔과 배고픔과 고통은 대체로 종합선물세트 과자처럼 한 꾸러미로 들어 있으니, 시는 제게 나디아와 믹과 프란시스와 푸지에를 생각하고 때로 애도하는 일입니다. 울지도 말하지도 못하는 입들에게 미안해 하는 일에 다름 아닙니다. 그러나 제가 정말로 미안한 것은 텐트 공장에서 잔업이 이어지던 날, 점심 벨이 울리자 밥 대신 미싱대에 머리를 얹고 엎드려 자던 열일곱 살 현옥이와 영숙이와, 이틀을 철야하던 즈음 저녁밥 벨이 울리자 일어서다 기절해 잠바와 솜뭉치 사이로 쓰러진 순이의 진짜 얼굴을 한 번도 제대로 보지 못했다는 것입니다. 한 달에 두 번 쉬는 일요일 오후에 서점에 가서 신달자의 에세이와 강은교의 시를 보며 다시 미싱 밟을 힘을 얻었다는 그 마음을 헤아리지 못했다는 것입니다. 그리고 수많은 현옥이와 영숙이와 순이와 순애를 만나고도 지나쳐 버린 것입니다.

용서를 비는 순간 부끄러운 웅얼거림이 만일 시라 불릴 수 있다면, 저는 공들여 부단히 읊조리겠습니다. 희망이 없고 구원이 물 건너갔다 해도 말입니다. 구조가 일상인 세계 안에서 저는 입술을 깨물고서라도 지구라는 방주에 탄 해피랜드의 오늘을 바라보고 기억하고 기록할 것입니다. 신음처럼 모음만 새어 나온다 할지라도.

김해자

시인. 15년째 농사를 배우며, 문학 강의도 하고 부르는 데마다 가서 환경생태교육도 한다. 시집으로 『무화과는 없다』 『축제』 『집에 가자』 『해자네 점집』 『해피랜드』가 있고, 민중 구술집 『당신을 사랑합니다』와 산문집 『내가 만난 사람은 모두 다 이상했다』, 시평 에세이 『시의 눈, 벌레의 눈』 등을 펴냈다. 전태일문학상, 백석문학상, 이육사시문학상, 아름다운작가상, 만해문학상, 구상문학상, 허난설헌시문학상 등을 수상했다.

위대한 일들이 지나가고 있습니다
땅과 이웃, 시 이야기

초판 1쇄 발행 2022년 3월 21일
초판 2쇄 발행 2022년 9월 19일

지은이 김해자
펴낸이 오은지
책임편집 변홍철
편집 오은지 변우빈
디자인 정효진
펴낸곳 도서출판 한티재 등록 2010년 4월 12일 제2010-000010호
주소 42087 대구시 수성구 달구벌대로 492길 15
전화 053-743-8368 팩스 053-743-8367
전자우편 hantibooks@gmail.com 블로그 blog.naver.com/hanti_books
한티재 온라인 책창고 hantijae-bookstore.com

ISBN 979-11-90178-90-7 03810